读客®文化

熊猫君激发个人成长

程婧波首部幻想小说精选集

倒悬的天空

程婧波 著

上海文艺出版社

亲爱的读者：

写这本书的我

读这本书的你

137亿年前

属于同一粒星尘

程婧波

谨以本书献给

所有时间中的旅人

目录

"行星三部曲"之一

倒悬的天空

向下生长的豌豆

去年秋天我搬到了雨城的歌雷蒂亚斯港。一开始我在码头上帮那些肌肉虬结的搬运工人鉴别银贝，后来我就认识了一位从很远的地方来的教授。因为聊得十分投机，最后我答应他放弃在码头区鉴别银贝的工作。

我很快就爱上了我的新工作，简单地说，那就是在浅水湾收集某种“声音”。浅水湾是码头区最宁静的地方，我的工作从来没有受到过打扰。教授给了我一个奇怪的机器，它看上去像一只怪兽的耳朵。当我把这只“耳朵”放到水里，我的耳机里就会传来水中的声音，而我背上的那枚巨大的鹦鹉螺（事实上它也是某种机器）则会把这些声音进行分辨，最后，教授需要的声音便会被录下来。

我的耳机像白令鸟的羽毛一样高高地向脑后耸起。没有海风的时候，我会望见自己的倒影——那样子活像一只瘦瘦的、寂寞的水鸟。

有风的时候，扬起的两枚“羽毛”便会轻轻振动，它们是如此敏锐，以至于没有一丝风能够逃过它们的捕捉。更多的时候，我会闭上眼睛，专心地聆听来自水下的声音。如同杰克和豌豆的故事，鱼一般滑的线从我的手中源源不断地滚落到水中，随着洋流漂向大海的深处，那一端——坠落在黑暗深渊之中的，便是“怪兽之耳”。只是这一次，杰克站在水面，而那株神奇的豌豆却不断地向下生长。

我站在宁静的水湾，倾听着来自千万米海底的窃窃私语。

慵懒的水母敲打着珊瑚床的声音，飞速游动的鱼群急急转向的声音，甚至，一枚气泡从岩石中艰难地挤出来，再啪的一声破裂在上升途中的声音……

然而每当傍晚我从浅水湾收回那条几乎望不到尽头的长线，回到海边的小木屋时，教授总是失望地对我摇摇头。

“还是没有……”他总会在夕阳的余晖之中叹上一口气，“我已经走遍了这个世界所有的地方，却总是一无所获。难道连这里的大海，也找不到会唱歌的海豚吗？”

鲸鱼是会唱歌的。可是雨城却没有鲸鱼。这里是海豚的乐园，每年都有成千上万的海豚顺着“拇指暖流”来到这个海湾。它们当中，没有一只是会唱歌的。

水晶天[1]

雨城的天空从来都是个秘密。

你不会在世界上的其他任何地方看见这样美丽的天空：水晶一般剔透的天穹延展出无数细小的裂痕，天空中的景象被这些错综的“枝丫”切割成无数碎块。于是无论是阴云还是朝霞，那些斑驳的色彩通通都微微漾开，散落在幻境般的苍穹。

这样奇特的天空，被叫作“水晶天”。

传说仍然与杰克和他的豌豆有关。那个曾经非常行运的年轻人从豌豆树上爬下来之后，拥有了生金蛋的母鸡和会说话的竖琴。然而巨大的豌豆树已经被他用斧子砍断，因此他隐姓埋名，开始周游世界。住在云端的巨人为了防止再有人爬上天庭，于是营造了一个巨大的冰盖来封锁年轻人所到的地方。有人相信，杰克最终来到了雨城，并且再也没有离开。他的余生就在水晶天的笼罩之下度过，杰克和豌豆的故事就这样在冰盖的封锁中成为传说。

没有人看见过水晶天之外的模样。

云朵和星辰从来都像古老的马赛克一样，被一只神秘的手拼接

1　关于“水晶天”的设想，最早出现在美国科幻小说家大卫·布林（1950—）的短篇科幻小说《水晶天》（1984）中。我在15岁时读到这个故事，从此便无法忘记了。大卫·布林是一位空间科学博士，物理学家、科幻小说家。长篇小说《星潮汹涌》（1983）和《邮差》（1985）及短篇小说《水晶天》（1984）均获科幻小说“雨果奖”。——作者注（本书中注释，如无特殊说明，均为作者注）

在天空的穹顶。

整个雨城最接近那个秘密的地方，就是浅水湾外拇指海的中心。那里有一座巨大的喷泉，高耸入云。强大的吸力从海洋的深处抽取海水，喷射到十万英里的高空。喷泉的尽头终年被彩虹环绕，而那些海水并不落下，而是直接散成了成千上万的细小水珠，如同薄雾浮动。

这些紫色的雾气随着高空的风飘回歌雷蒂亚斯港，一路深入雨城内陆。最终，细小的水珠凝结成较大的水珠，薄雾变得越来越厚，从紫色到深蓝，最后成了墨色的云朵。雨滴从飘来的云朵中坠落，这里变成了总是下雨的城市。

会唱歌的海豚

浅水湾是雨城少有的晴朗地带，夜里可以看见月亮和星星。

雾月来临时，教授收拾行装离开了这里。他临走前把那套奇异的机器送给了我。在这个和蔼的老人离开之后，我仍然继续从事着“声音”的收集，尤其，是在夜间。

某一个异常晴朗的夜晚，我清楚地听见一个女人的声音从海水中传来：

“可怜的姬亚娜……”

紧接着，一个漫不经心的中年男人的声音答道：

“怎么了？”

“她眼神不太好……”

“别担心，亲爱的，我们大家的眼神都不太好。”

“噢，她前阵子有了心上人，可是谁都看得出来那不过是一艘潜水艇……”

“啊？什么？我的上帝！你说什么？姬亚娜，我们的女儿，爱上了一艘潜水艇？”

我向四周望去，没有看见任何人。只有一只海星咚的一声从礁石上跌进了水里。

夜风吹动我别在耳后狭长的白色鸟翎，我回头的时候看见月光下有一扇光滑的青色岩石从海水中慢慢地浮出。正当我以为自己看花了眼，另一块岩石也浮了出来。很快，我的周围聚集了很多很多这样温润光滑的东西。

最终，我看清了它们是一头又一头的海豚。海豚的背脊露出水面，在莹白的月光下显出某种神秘的光泽。

“我以为海豚是不会说话的。”很多年之后，我对它们中的一个这样说。

“我们不仅能够交谈，还会唱歌，”它们快速地答道，“不是只有那些大块头才会唱歌的。”

姬亚娜

春天过后，姬亚娜就长大了。

它是一个可爱的家伙，很多年以前曾经爱上过一艘潜水艇。它总是喜欢追逐那些危险的螺旋桨，最终因此而发现了一座船的坟场。

“好多船，”它每次见到我总会讲述自己的奇遇，声音听上去像小鸟儿一样欢快，“有的在海底，有的还漂在海上。那里肯定有某种漩涡，不过我相信，我的潜水艇是不会到那种地方去的……啊，那么多的船！通通爬满了海藻，真难看！”

奇怪的是，海豚们说出的话，教授的机器却无法捕捉。那枚鹦鹉螺总是记录下别的声音，电鳗的鳞片滑过海底的沙砾，新生的海龟破壳而出……就连鲸的歌声它都能够精细地捕捉，它却捕捉不了海豚们的交谈。

“别以为那两片羽毛有什么用，”姬亚娜用尾巴拍着水花咯咯笑着，“机器是听不见我们说话的。”

“那么，你们靠什么听见彼此的交谈？声呐系统？”

“心，心啊！”它笑得更厉害了，开始绕着圈游，“你不是也能够听见我们说话吗？因为你也是用心听的啊！”

有时候我喜欢坐在礁石上看天空。

姬亚娜会在这个时候游来浅水湾。月光像糖霜一样涂抹在浪尖和远处的小岛上。我取下耳后的长羽毛，静静地聆听来自水晶天之外的声音。我总有一种错觉，月亮就像一个聚光灯，在水晶天的幕布上凝望着我们，它把最轻柔的光束投射到我们头顶，一个人，一头海豚。

“你看见那些星星了吗？”姬亚娜总是这样问。

雨城的天穹中央是没有星星的，银河在这里被一个混沌的影子截断。那些星星似乎畏惧那个影子，都远远地躲到世界的边缘。

“你看见那些星星了吗？你看见那些星星了吗？”

那是些虚弱的星星。它们看起来遥远无比，光芒冷清。

“看，那是海豚座[1]！”姬亚娜总会自问自答地说个不停，“那是我的祖父的祖父的祖父的……喂，你到底有没有听？你看，虽然那些星星看上去那么微小，但是每当看见它们，我就会想起我的祖父的祖父的祖父的……慈祥的笑容——虽然我从来没有见过他。

“你知道吗？很久很久以前，希腊时代，你们人类的音乐之王阿里安去一个叫作意大利的地方参加音乐演奏，他回家的途中遭遇了海盗。可怜的音乐之王被蒙上双眼，走上了通往大海的木板。这个时候，他说：‘请允许我弹奏最后一首曲子吧。’海盗同意了，

---

1 关于海豚座，我们可以知道的有一串拉丁字母和阿拉伯数字：拉丁名：Delphinus，星座名：海豚座，所有格：Delphini，缩写：Del，赤经：20.7000 H，赤纬：13.8166° ，编号：NGC 6934。关于海豚座的希腊神话故事：其中一个传说是海王波塞冬（罗马称尼普顿）追求安菲特里忒时骑的海豚。另一传说是柯林斯之王佩里安德送音乐之王阿里安去意大利参加音乐演奏，在他载誉归国途中，船上的海盗抢了他的金银财宝并试图将他丢入海中，阿里安要求让他弹奏最后一首曲子，他弹得是那么优美，引来了一只海豚，阿里安赶紧跳上了海豚的背。在《倒悬的天空》中，我试图用科幻小说来重构一个关于“海豚座”的故事。最终，这篇小说发表在《科幻世界》杂志的“模糊地带”栏目，栏目名称的意思是，登载于此处的作品说不好是不是科幻小说。

于是他开始弹起来。

“你看，人类也并不是从来就那么笨的，他的曲子吸引了我那位刚巧在附近的海域寻找乌贼的祖先，阿里安听见一个声音说：‘跳到我背上来吧。’于是他赶紧跳上了海豚的背。”

“这就是海豚座的传说？”

“是的，”姬亚娜扬起头，望着星星说，“可是你看，它们看上去似乎不太明亮。我真希望它们能够更亮些！”

它的眼睛里倒映着星辰的微光，声音也开始振奋起来：“如果……我是说如果……我能够穿越水晶天，到那些星星所在的地方去……”

姬亚娜扭头看了我一眼：“它们会变得更明亮吗？”

“不知道，”我耸耸肩，“你脑子里到底在想些什么？潜水艇，水晶天，遥远的星星……这可不是好女孩应该关心的。”

“可是我无法阻止自己去想它们——我的脑子里总是有个声音在说：嘿，姬亚娜，你为什么不去看看那些星星呢？”

月光下的海豚轻轻地摇了摇尾巴，埋着头说。

喷泉

很多人都曾经把世界比喻成一个苹果。雨城也像一个苹果。拇指海中心的喷泉如同核心处的经络，一直指向那个切断银河的影子，那个混沌的所在。人们就像寄居在果核里的虫子，从来无法看见果皮外面的模样——在稍微透明的地方，他们也许会透过马赛克般的壁垒，观望到另一个世界的一片树叶在正午的阳光下刚巧投射过来的阴影。

唯一的线索是喷泉。

除非你沿着果核里的经络一路爬出来，顺着那根长长的蒂爬出来，你才可以看见原来这个世界有着许多的苹果和许多的叶子。而你从前的天空，不过是一片树叶的影子。

喷泉就是那样一条经络。海水铸成的透明巨树从拇指海的深处开始抽出枝干，在上升到十万英里高空的过程中，这棵参天巨树不断地抽出新的枝叶，最终那些枝叶开始变得繁茂无比，于是它们朝四周散开，变成涌动的雾气和云朵。

豌豆树仍然在生长着，只是杰克已经不在。

没有人看见过水晶天外面的景象。没有人窥见过巨人们高居于云端的庭院。

倒悬的天空

我早该猜到姬亚娜会那么做。

它熟知拇指海中的每一滴水，它明白它们能够把它带到什么地方。如果让那些船葬身海底的漩涡是危险的，那么喷泉却可以把它送到天上。

这一天夜里，整个雨城笼罩在暴风雨中。雨水透过海边木屋的缝隙缓慢地流了进来，在天花板上留下了几道弯弯曲曲的痕迹。屋外廊上挂着的灯开始晃动，发出吱呀呀的声音。躺在屋角的鹦鹉螺突然发出很闷的爆裂声，有点像柴火吐出一点火星。我从枕头底下摸出那两枚很久不用的羽毛，插在了耳背。

从码头区的方向吹来的风抚过光洁的鸟羽，那些细小的绒毛像海浪一样起伏，传来海上风暴的声音。

我突然有了一种奇异的预感，翻身起床，推开木屋的门冲进了雨中。

当我来到浅水湾的时候，这个接近风暴中心的地方开始露出晴朗夜空的一角。遥远的海面上，擎天的喷泉正急速地涌动，向着高空喷洒开去。而我的背后，是沉睡在暴风雨中的雨城。城里没有亮起一盏灯，人们都静静地睡熟了。

拇指海的上空却异常平静。月亮和星辰如同从前的每一个夜晚那样，泛出祥和的光芒。

“你看见那些星星了吗？你看见那些星星了吗？”

我努力地朝着喷泉的方向望去。黛蓝的苍穹下无数股水流汇集到了一起，相互缠绕着往高空攀升。这些水流有着月光的颜色，它们在离天堂最近的地方散落成亿万颗发着神秘微光的星辰。就像多年以前第一次听见海豚说话的那个夜晚，我的目光开始和月光交织在一起，错觉的幕布徐徐拉开：喷泉变成了传说中通天的树木。这株树木正在无可抑制地生长，发疯般地带起海洋深处的水流，它不断地抽出新的枝叶，冲刷着水晶天的穹顶。

“可是你看，它们看上去似乎不太明亮。我真希望它们能够更亮些！”

喷泉尽头飞散的水珠融入水晶天混沌的圆心，千万颗新的星辰从那个影子中诞生，然后汇集成浓重的雾气。遥远的角落，海豚座的星星们闪烁着隐秘的银色光芒。那些光芒在某一瞬间坠落下来，跌进了大海。在镀满月色的洪流中，电光石火间一枚银色的利刃跃出了水面。它切割着月光，一直朝着通天的大树游去。

姬亚娜！

“如果……我是说如果……我能够穿越水晶天，到那些星星所在的地方去……”

这个疯狂的孩子，它想要顺着向上生长的神奇树木爬到巨人的庭院。可是……如果水晶天真的是阻止我们窥探天庭的冰盖，它又怎么能够爬到那些星星上去呢？柔和月色下的洪流在拇指海的中心掀起巨浪，姬亚娜银色的身影在纠集缠绕的水流中时隐时现。它会被喷泉带向十万英里的高空吗？它会看见云端的景象吗？它能飞到水晶天之外，去到那些星星上吗？

“可是我无法阻止自己去想它们——我的脑子里总是有个声音在说：嘿，姬亚娜，你为什么不去看看那些星星呢？”

终于，那枚银色的小刀无声地剖开了丝绸般的月色，随着急速上升的水流到达了喷泉的顶端。浅水湾聚集起了无数的海豚——我从来不知道原来雨城的大海拥有如此多的海豚——它们扬起脖子朝着喷泉的方向望去，彼此交谈的声音好像石钟乳滴落的水滴。姬亚娜，姬亚娜，你是一头了不起的海豚！

最后，银色的影子在喷泉的尽头随着千万散落的水珠随风飞舞。渐渐地，它开始飘了起来，高过了那片紫色的薄雾。很快，姬亚娜的身影就消失在了高高的云端。

似乎过了一段漫长的时间。

天空突然变得异常明亮。震耳欲聋的声音从喷泉的尽头传来。水晶天黛蓝的穹顶从中心裂开了无数的口子，风和星星从那里涌进来，通通落到了海中。天空继续裂开，仿佛豌豆树的枝叶在云端伸展。我的耳膜快要被这种可怕的巨响扯破了，我的眼中充满了层层幻象，它们最后重叠成了一片刺目的光明。

水晶天落下来了。

这一刻之后，日月星辰显露出了它们本来的模样。原来月亮上有如此多的阴影，而那些星星……它们还在天空中时，竟是那么耀眼。

而那个秘密，那个混沌的所在，也显出了它的真相——

一个星球。是的，原来一直以来，我们的世界都是和另一枚苹果长在同一株树上！它离我们如此近，以至于我们从未感觉到过它的存在！它投下的影子挡住了银河的中心；它自身的样子，又被水晶天蒙蔽了。

是姬亚娜打破了水晶天的秘密。一直以来，在两个星球最接近的地方，存在着一个相互吸引的平衡点。在我们这儿，那就是高耸入云的喷泉。而在十万英里的高空，轻盈的水珠开始失重，于是凝结成雾气随风飘散。姬亚娜的到来却使得这个沉默的世界尽头开始感触到重量——它被另一个星球的引力拉了过去……于是，水晶天的中心开始在一只虫子向外爬出的过程中瓦解，向着另一个海洋飞速下落的姬亚娜用自己的身体撞开了它……

可是……姬亚娜……我突然想起它曾经向我描述的那座船的坟场。漩涡撕裂那些帆和桅，甲板碎成一片一片……如果急速的下落足以使它撞开我们头顶的天空，那么现在，它在哪里？

暗红的月光下，所有的海豚都静静地昂起沉默的头颅。

它们所看的方向，一些星辰正在无声地坠落。

“看，那是海豚座！”姬亚娜常常这么跟我说。

现在，所有的星星都在朝着大海落下来。它们在水中发着微光，然后渐渐暗淡下去。而遥远的地方，一颗新的星辰正在升起……又是一颗……许多许多颗……不久之后所有沉默的观望者都认出了那枚银色的标记。

姬亚娜，这头了不起的海豚，它终于勇敢地打破了蒙蔽我们视野多年的屏障，穿过了天堂的穹顶。就像杰克爬上豌豆树来到巨人的庭院，就像虫子顺着果蒂看见正午的阳光。

而年轻的姬亚娜，它已经成了那些永远不会坠落的、银色的星星。

这就是海豚座的传说。

“行星三部曲”之二

—萤火虫之墓—

2月16日　穿越盛夏之门

雪霁鸟出现在天空的时候，世界的混乱被加剧了。

象征晴朗天色的羽翼在橙色的天幕上成群划过，好似阴霾又翻天蹈海地重来。漫天都是灰白色的羽毛纷纷扬扬，它们坠落成雪的姿势，最后落进我的瞳孔。于是那个弱小的、黑色的球体中弥漫开细密飞扬的雪花。

2月16日，我出生在逃亡的路上。我有一双很黑很黑的眼睛，却没有人吻我的额头，所有人都在忙着发出沉重的叹息。我抬头的时候看见漫天灰白色的鸟儿，一声又一声，密密麻麻地向南迁徙。

南方，矗立着陨石带铺展而成的盛夏之门。

那颗照耀着我们这些逃亡者的巨大恒星正在一点一点地熄灭，暗淡的光影渐次爬上众人的脸。我在短暂的黎明之后看见一生中的第一个黄昏，母亲的模样在微弱的光芒中盛开成一枚暗地的花朵。

人类横向穿越光阴之河，纵向穿越盛夏之门。此刻，我们所在的这颗很小很小的行星，就像浩瀚宇宙中的一滴涓露，正朝着盛夏之门那纵向的平面掉下去。

最初的声音来自雪霁鸟。它们在被引力拉扯的云朵中穿行。然而某种力量于瞬间控制住了这些柔软的生物，雪霁鸟随即展开宏伟的阵形排成一尾电鳗的形状，每一个个体就像一片鳞甲，它们在飞行的时候相互拍打着翅膀，发出蓬松的咔嚓声。很快，这种声音越来越大，为了不被那股力量拉离原来的轨道，所有的雪霁鸟都拼命挤在一起，由此而摩擦产生的电光在它们的翅间流转。一只无形的手扼上了这庞大队伍的咽喉，天空中那尾灰白的电鳗开始战栗，全身为蓝色火焰所笼罩。

终于，那股将它们拉向高空的力量又突然间凭空消失了。垂死的电鳗在云朵间挣扎扭曲，羽毛的灰烬像火山灰一样絮絮地落下。很快，我所躺着的地方也有了这灰烬的踪迹，它们从牛皮做成的篷帐罅隙中飘进来，落在油腻腻的瓦斯灯上，落在浮起一层污垢的铜盆里，落在我的眼角和眉梢。

牛车缓缓前进，我的母亲在这悲哀的灰烬的大雪中唱起动听的歌谣。我渐渐睡着了。而她却看见了外面的景象：火焰决绝的气息中，成千上万的牛车正朝着一个方向前进，人类的逃亡队伍蔓延过山冈和平地，在更远的地方，仍然是黑压压的牛车——就像我们乘坐的这一辆一样。

“恒星熄灭了。”一个老人徒步追赶到我们的牛车前，跪下之后说出了这样的话。

其实他开口之前，我的母亲已经知道恒星熄灭的事，因为她的双眼早在他开口之前就没入无尽的黑暗。而牲口的眼睛从来都被黑布蒙蔽，它们并没有显出额外的惊慌，只是在黑暗降临时感到了出奇地寒冷。所以，老人的话淹没在了扬起的尘土之中，就如同我母亲漂亮的黑色瞳仁淹没在了无边的黑夜之中。

他不曾看见牛车带尖角的轱辘，血浸入泥土，黑夜融化黑色。我在熟睡中感到牛车颤动了一下，仿佛被什么东西绊住，很快，又继续前进了。

我的母亲也继续唱起她的歌谣，她唱着白胡子的祭司死在了去向皇后禀报的路上，因为他带去的是一个坏消息。

这一天之后，我再也没有看见过雪霁鸟。传说在我出生之时，我的小小星球正穿越盛夏之门，雪霁鸟通通死在了盛夏的门外。它们是属于春天的鸟类，它们死时天空下起大雪，每一片都是灰白色的鸟羽，每一片都带着淡蓝色的火焰。

雪霁鸟消失在南方天空的这一天，我们与一千三百零一颗陨石擦身而过，穿越了死神花园的围栏——盛夏之门。

2月19日　正在谢幕的绸红色宇宙

人们叫我罗莎蒙德，说我是世界的玫瑰。

其实世界是一朵正在凋谢的玫瑰。不断冷却的宇宙里充满了年迈的恒星，好像我们的太阳一样——它们塌陷，温变，衰老，成了不可思议的小个子，不再把光明奉献给我们，而是缩紧自己的身子，用昏花的老眼来做无力的祝福，眼睁睁地看着我们在黑夜的边境逃亡。

为什么恒星突然间想要衰老，一千年前曾有九位祭司秘密地在圆桌前进行占卜和讨论。后来由于无法解释星星的意志，他们被罚向国王献出属于自己的九颗头颅。然而仍然有人活了下来，他是其中法力最高的一位，并且拥有不为人知的另一张脸。他的第二张脸长在脑后，因此他从来都留着浓密的长发以遮掩。而只要你敢去拨开他那蛇一般的头发，就能从中看见紧闭的嘴唇和圆睁的双眼。当国王要求祭司们献出头颅时，他用一把双刃剑劈开自己的头，将前二分之一献出，此后他远走他乡，用从前秘密的那一半头生存了下来。

传说这个人的后裔建造了自由落体城。那是我们在穿越盛夏之门后将要抵达的第一颗行星的名字。恒星在我们的身后不断塌缩。逃亡的大军像飞蛾一样扑向宇宙间最后的灯笼。没有人能够解释星星死亡的理由，按照一千年前的预言，我们的祖先改造了星球结构，调整了引力，让它成为一艘诺亚方舟，向着还未老去的恒星飞行。

而在自由落体城，所有人都将告别我们自己的这颗行星，搬到那里去。因为在经历了一千年的逃亡之后，它再也无法飞行了。在我们离开之后，这颗曾经孕育了所有人类的星球，将被引力拉向炽热的陌生的恒星，最后融化成千万滴消露。

这一年我六岁。2月19日是个特别的日子。母亲把我放在一头白牛的背上，于是我看见成千上万墨色的牛拉着我的子民像潮水一样漫过土地。

在更远的前方耸立着一座金色的高塔。日落时分，人们来到了高塔下。它看上去似乎也走了很远的路，塔的身后留下了一条深深的沟壑，泥土像被刀锋割开的肉体，绽放出饱满的内部，散发着一股烧焦的气味。

这就是“对接”。塔是自由落体城的人放下来的，此刻，那颗墨绿色的星球正在我们的头顶旋转。在这个特别的日子，两颗星球达到了引力平衡，我们将通过这座塔去到新的家园。如果有谁可以远远地看着这两颗小小的行星，那个景象并不会让他有多震惊：其中的一颗上竖起一根火柴棍似的金色长条，随着两颗星的自转，“火柴棍”触碰到了对面的行星，在上面摩擦出一道划痕，最后停住了。

然而在地面上的人看来，这简直是神迹。当云朵偶尔露出一丝空隙，我们就能窥见未来的家园——墨绿色的、安然运转着的自由落体城。而面前这巨大的金色高塔，则是如此梦幻地由那头顶的天堂伸展而来，又牢牢地矗立在我们的土地上。所有的人都欢呼起来。他们忙着给牛钉上吸力极强的掌钉，为轱辘上的尖角刷上一层银粉，修补破漏的牛皮帐篷……

随后，按照事先编好的番号，牛车开始顺着高塔往上爬。我在很远的地方赤着脚奔跑，零星的花朵隐藏在草丛中，闪闪烁烁。风从土地的内部吹来，天地间隐约有一种声音在叫着："罗莎蒙德""罗莎蒙德"。我把耳朵贴在草尖上，我想听听是不是我的星星在叫我。

当我回头的时候，看见天空在轻轻旋转。地平线已经倾斜了。高塔的角度越来越平缓，最后，任何人都可以像我一样赤脚走上去了。夜幕很快降临，所有的人类都走在通往天堂的路上。有个主妇不小心碰倒了做饭用的木桶，那家伙就一直掉了下去，在塔身上碰出叮叮当当的响声，最后它落进了一大团湿润的黑云里，激起一片涟漪。在这样静谧的时刻，所有人都听见了那位主妇在小声地抱怨。不过接下来，她又开始动手拉起绳索来。几乎所有放在牛车里的东西都被绳索拴好放起来，以免它们在前进的时候到处乱滚。于是她的木桶又回来了，里面装满了清澈的水。

我们在沉寂的夜色中走着。前方是翡翠一般闪耀着光芒的新城市。而在这巨大的漫长的金色的塔的四周，则是被星光点缀的黑暗。

宇宙像个巨大的幕布，一点一点变窄。星星越来越少。我们加快了脚步。

2月22日　自由落体城的魔术师

我的母亲是看见自由落体城之后唯一没有哭泣的女人。

当我们走下高塔，天空旋转回原来的位置，地平线不再倾斜，每一个人都看清了天堂的模样：它不过是另一片废墟。

我的母亲对她看见的第一个陌生人说出的第一句话是："带我去见你的国王、首领、执政官，或者别的什么……你们怎么称呼'他'？"

"我们这里没有你要找的人，"答话的人说，"我们只有一位魔术师。"

于是我们见到了一座钢铁的机器。它歪歪扭扭地坐在一块空地上。从它的左脚走到右脚，花去了五分钟时间。而从右脚走到它的腰间，足足用去一个下午。

"现在，"我的母亲蹲下来，看着我的眼睛说，"罗莎蒙德，我的宝贝，我要进去和那个魔术师谈谈。你在这里等着我好吗？好宝贝，好姑娘，我出来之前不要离开。"

我点点头。她微笑着亲吻了我的额头。没有人看见我们的告别，所以此后的传说中，皇后因为误食了自由落体城的毒蘑菇而死。其实，我曾亲眼看见她爬上那个大机器人的肩膀，钻进它的耳朵，从此消失不见。

在成为孤儿，被我的星星和我的母亲遗忘的六年之后，我十二岁，长成了一个无比任性的姑娘。人们叫我蔚德若斯，说我是野生的蔷薇。

在自由落体城这个新的王国，我发现了一种跟我的星星上一样的植物，它们蔓延好几百里，有着容易受伤的身体和纤细的末梢。我喜欢在它们当中赤着脚奔跑，这个时候，那些脆弱的家伙流出明黄色的液体，风把喊声叫得模糊："罗莎蒙德""罗莎蒙德"。我把耳朵贴在黑色的泥土上，我想听听是不是我的星星在这土地的背面叫我。我的寂寞在这六年间一刻不停地生长，最后它们通通长进了我的血液和骨头。

有一次，当我听见呼唤，把耳朵贴到泥地上的时候，我闭上眼就看见了母亲的脸。"罗莎蒙德，我的宝贝……"她微笑着亲吻我的额头，好像我真的是世界的玫瑰。再睁开眼，什么都没有。

另一次，当我再睁眼的时候，却被吓了一跳。那是一个鼓着腮帮的少年，他的脖子还埋在泥土之中，栗色的卷发上沾满了土屑。而他的脸，几乎就贴着我的前额，他那水蓝色的眼睛一眨，我的脸上就有风吹过。我站了起来，质问："你是谁？"

"自由落体城的自由人，"他开心地回答道，一面麻利地从土里钻出来，好像那根本就是空气似的，"你呢，你是谁？"

我吃惊地看着他。少年很快地抖落身上的泥土，而他钻出来的地方，竟然立即有花朵开放。

"让我猜猜，"他说，"我多半能猜出你的名字。"

于是他开始自顾自地找了一个地方坐下来，认认真真地猜起了我的名字。

在晨曦中独坐的少年的背影和虽然看不清却能想见的神态，实在令人难以忘记。无边疯长的瘦弱的草，在他的四周蔓延再蔓延。

“好吧，”他最后说，“我认输。可你为什么不试着猜猜我的名字？”

随即他又瞅着天空，拍着脑袋大叫一声道：“啊，我竟然忘记自己是来干什么的了。罗莎蒙德，我的好姑娘，你上哪儿去了？”他一边说一边飞一般地跑起来。于是我只好把双手放到嘴跟前，冲着他的背影大叫：“你认识罗莎蒙德？”“不，”他已经跑了老远，“我要找到那个姑娘，然后就可以认识她啦！”

我继续大声喊：“你为什么要找罗莎蒙德？”

这时候他几乎已经跑到地平线上去了：“因为她是我的小客人。”

我轻轻叹口气，他的身影已经看不见了。“我就是罗莎蒙德。”

小声说完这句话之后，一阵旋风从天边刮了过来，少年重新站在了我的面前。他理了理头发，抚平衣衫上的褶皱，像骑士那样鞠了个躬说道：“那么就是你了，我的……客人。”

“可是你又是谁？”

“我们都没有猜出对方的名字。如果你真的是罗莎蒙德，那么请允许我报上自己的真名：自由落体城的魔术师。”

2月25日　玫瑰骑士

在遇见我的六年之后，自由落体城的魔术师已经不再是个少年的模样。他的城堡是他不老的秘密，而我大部分时候，仍旧喜欢赤着脚在荒草间奔跑。

为了见到我，他常常走出他的城堡，所以我们一起成长了。

到我十八岁的时候，他也像个真正的骑士，有了钢铁一样的意志和肩膀。而在十二岁的时候，我第一次走进他的城堡。

那是一个坐在地上的沉默的机器人。由于不需要膀胱，所以那里成为城堡的大门。进入城堡之后，自由落体城的魔术师（那时他还是个少年的样子）伸出右手拉住我，左手手掌上噌的一声燃起一个火把来。因为这城堡实在太黑了。

我们路过很多幅壁画，走过无数张地毯，在第七个台阶转弯之后撞倒了三个银瓶和一个水晶球。他的眼睛和头发在火光的映照下烁烁夺目，而我们嘴里都尽量去计算路途和遇见的事物，好像我们的双眼根本就不曾注意过对方一样。

最后我看见了我的母亲。她安详地端坐在一张虎皮椅子上，容颜没有丝毫的改变。

“让我看看，小姑娘，”她认出了我，非常吃惊，“你这是怎么了？”

自由落体城的魔术师拍拍双手，火焰从他左手消失了，而大厅黑暗的天花板上骤然出现了无数萤火般的星光。带来光明的人对我的母亲说道："您在这里待了一小会儿，而她在外面已经独自生活了六年，皇后陛下。"

"这是什么样的魔法啊！"后者惊叹道，抱住我，又推开，紧紧抓着我的胳膊仔细地看着我，我却不好意思去看她。

少年开口道："一千年前，当我的某位祖辈穿越盛夏之门来到这里，他用巫术和魔法建造了这个永不衰老的城堡，无论是有生命的还是无生命的，进来之后就不再受到时光之河的冲刷。而我流连于城堡外部的时间，刚好让我长成一个少年的模样。"

我的母亲在黑暗中开口，星光流泻在她的额头却无法照亮她的双眼。她重新赐予了这个逃亡者的子嗣以生存的权利，并且封他为自由落体城的第一位骑士。

对于这项无上光荣的使命的回答，在六年之后姗姗来迟。当我的骑士从城堡深处找出积满灰尘的白银铠甲，他对着虎皮椅子上的女人微微鞠了个躬说道："请允许我成为罗莎蒙德的骑士，她已经十八岁了，应该拥有一名自己的骑士。"

我躲在暗处，像小鹿那样毫无表情地瞪大双眼看着他。

而我的母亲只说了三个字："为什么？"

"因为她需要一名骑士，而这名骑士不是别人，正是我；我也需要成为一位纯洁的姑娘的骑士，而这位姑娘不是别人，正是她。"

"那么，"我的母亲说，"一名骑士能为他的公主做什么呢？

他或许连她真正需要什么都不知道呢！”

自由落体城的魔术师，那个曾经骄傲的少年，而今站在此处充满了勇气的骑士，在听见这句话之后微微地颤抖了一下。他冰凉的影子被拉得狭窄而漫长，在他颤抖的那一瞬间似乎要飞离地面。

最后，他扬起嘴角，看着那个高高在上的女人回答道：“她内心的寂寞像她的眼睛一样黑，我会给她不朽的火光。”

就这样，我的骑士还没来得及看我一眼，就头也不回地走出了他黑暗的城堡。

在他的身后，惧怕永恒的疯皇后大叫着：“恒星熄灭了！你带不回不朽的光！”

恒星熄灭了，你带不回不朽的光。而赤足的公主依旧躲在暗处张望。

2月28日　一具骨骼，或者两具

我生病了。忘记过去的时间。六年，六十年，还是六百年？2月28日，生生断掉的悬崖般的最后一天。

人类的皇后在城堡里发了疯。她无法忍受时光之河的冲刷，更不能容忍光阴的鸟儿不曾在自己肩头落下。因此她总是徘徊在城堡之中，没有勇气放弃这个永生的天堂，又不能在这绝对的静止中获得快乐。我无法在她脸上找到从前那枚暗地的花朵，城堡穹顶永不坠落的萤火在那苍白的面具上投下两团深邃的黑影。我的母亲，她那曾经漂亮的黑色眼睛在很多很多很多年的不朽之后，终于融化进了黑暗。

这个时候，我想起很久以前建造这里的人，那个只有半个头颅的祭司。他又到哪里去了呢？当外面的世界下起滂沱的大雨，我就用稻草编织成火把，在城堡里玩起捉迷藏的游戏。我经过一间又一间积满灰尘的房间，翻阅那些几乎要碎成粉末的书籍（或许光阴的鸟儿在飞过这里时曾在书页上落脚），多年前这里也曾住过一位公主，她把心事写进鹅毛笔的日记里。有时我提着油灯，摇晃间有谁的脸庞映在墙上；有时是蜡烛在纸糊的玫瑰色灯笼里闪烁。我在这黑暗的城堡里行走，迷路，寻找，偶尔在一道长廊的尽头看见人影，听见轻声低喃，随后一切又都消失不见。那是我同样也在行走、迷路、寻找的母亲。

终于有一天，我们再次相遇。是在一个我不曾到过的房间，一切都像很多很多很多年以前那样新。我的母亲坐在马蹄莲色的床帐中像个鬼魂似的哭泣。那个堂皇的房间里有红色的落地窗帘，也是那样新，一滴一滴，似乎要滴出血来。

我走上前去一把拉开床帐的时候，看见的却是一双空洞的眼睛。那是一具死去已久的尸体。我的游戏结束了，迷藏已经显露出谜底，面前这个干瘦的、毫无生气的身体，若干年前曾经有个鲜活的名字——他正是那个逃走的祭司，自由落体城的创造者，法力高强的双面人。我在他的脖子上发现一枚用丝线穿起的指环。认出指环的那一刹那，我几乎失去了呼吸。

从出生的那天开始，我的脖子上也挂着这样一个指环。

指环的内侧隐藏着一个秘密，那里铭刻的是我的母亲失落千年的情人的名字。他曾经是帝国中最受人尊敬的祭司，却在公主的闺房中夺取了她的童贞。国王一怒之下让亲卫拿下九名祭司的头颅，把失贞的公主封印在了一面铜镜中——她本来应该嫁给另一个国家的王子，并且成为一名受人爱戴的皇后。

我在古老的书籍中读到过这样的故事，却不知道原来传说中被封印的公主竟然是我的母亲——我出生的时候，我那从来没有得到过她的真爱的父亲已经不知去向，他让她成为皇后，却没有让她成为女人。祭司来不及向深爱自己的公主道别，他砍下头颅的一半交给国王的卫兵，以不为人知的方式独自踏上了前往盛夏之门的流亡之路。一千年后公主从铜镜中醒来，成为某人的妻子，被子民称作皇后，在恒星陨灭的灾难中安详地整治着整个国家，带着腹中的胎儿踏上了一千年前她的情人曾经走过的同一条路。

然而即使祭司建造了这个不受时光打扰的城堡用来等待，她还是来迟了一步。

她在他的日记中看见他一千年的煎熬。他的鹅毛笔变成她的嘴，每天同他说话。我所发现的那本公主的日记，其实是祭司在某种幻觉中写成的。

终于有一天，他在等待的狂喜与暴怒中剖开了自己的心，鲜艳的寂寞从那里流出来，他死在了这座黑暗的城堡之中。

他花去一千年的时间来熄灭所有的恒星，她花去一千年的时间来逃往最后的恒星。他知道她会来。她知道他在等。虽然当他挥剑砍下自己的头颅，什么都来不及说。

原来我的母亲早已发现真相。她在那双空洞的眼睛中看见一生最残忍的结局。而不知道从什么时候起，她已经成为一具没有实体的影像，穿梭于这硕大空虚的古堡。在这黑暗城堡里关于她的一切，看见和听说，不过是我的幻觉罢了。而我也终于明白了我的母亲为什么宁愿让腐朽的感情绚烂地化作飞舞魂魄，也不愿踏出这永生的地狱一步。当亲睹恒星一个接一个地熄灭，她成为这个世界上最幸福的女人。当黑暗像潮水一样漫过她的双眼，她和她所爱的男人一同消失于生命的河岸。

现在，我知晓了这个世界上最不可思议的爱情，却突然间发现自己成了一个孤儿。我是真的，被我的星星和我的母亲离弃了。

我奄奄一息地躺在城堡冰凉的地上。

有一瞬间我又回到了我那旋转着的水蓝色的小星球。无边疯长的瘦弱的草，在我的四周蔓延再蔓延。我把耳朵贴在草尖上，零星的花朵远远近近地闪烁。我想我是真的要死了。所有即将死去的人，都可以看见一生中最美的幻境。

我看见花都开了，雨水落下，森林里一个大红灯笼。我看见忽明忽暗的传说，少年的脸庞，脆弱又倔强的草。我看见自由落体城的魔术师，他白银的铠甲在世界上最高的山峰被冰雪洗亮，在世界上最深的汪洋被海水冲刷，经过沙漠、沼泽、人类的废墟和猛禽的天堂，经过通天的塔，随着那颗离开我的星星到了不老的恒星上，最后变得伤痕累累，支离破碎。我看见自由落体城的魔术师狭长的黑色影子漫过眼前冰冷的地面。我看见玫瑰骑士的归来。

他的人藏在他受伤的铠甲背后，我只能认出那双眼睛。我看不见他的栗色头发有没有变白，只从那白银的伤口深处闻到一阵风和泥土的气息。

我的骑士来到我的跟前，摊开左手，那里有一颗黑色的珠子。

他找到了一根极细的丝线，开始拉动，那颗珠子就在他的掌心旋转起来——原来那是一个小小的线团。他拉啊拉啊，在城堡永远静止的时光中，那个线团上的丝线仿佛永远也没有拉尽的一天。

最后，当他预感到线团就要用尽，便把我从地板上抱了起来。他一直没有发出任何声音，这让我在虚弱中开始怀疑自己已经变成一个类似于我母亲的影像，成为城堡里第二个活着的鬼魂。

他把握紧的左手按到我的手心，右手将丝线的尽头从我的拳头中抽离。只一瞬间，我突然意识到我还活着。

千万缕炽热的光芒从我捏紧的手中射出，他给我的，是宇宙间最夺目的萤火。

自由落体城的魔术师，他真的从恒星上取下一粒碎屑带回来了。我的双眼从来未曾被这样绚烂的光芒照耀过。我看见我的出生和死亡，火山灰般的羽毛灰烬絮絮落下，雪霁鸟的叫声清晰而遥远，那场大雪被挡在盛夏的门外，现在，它们都落进我漆黑如夜的瞳孔。

我的骑士低下头，亲吻我的前额。炽热的光芒融化了他的铠甲，我们在永恒的光芒中被万千火红的丝线穿越。

他带回的不朽的光，融化了我们的头发和眼睛，皮肤和脏器。直到他没有嘴唇，我也失去了额头，我们的姿势定格成了相互拥抱的两具骷髅。

很多年以后，更多的人类来到了这里。他们砸开破烂的机器人的膀胱，走进城堡，在永恒的白昼中发现一具奇异的骨骼。“或者这就是几万年前那个逃走的祭司。”他们中的一个必定会这样说道。而其他的很多个，通过长期的争论，得出并公布了恒星熄灭的理由，“红色巨星因其体内的衰变物质而发生塌陷，在无法抗拒的引力作用下走向悲剧性的死亡”。

没有人走完过这座城堡——因为那粒永不衰老的星星的缘故，很多人走出之后害了眼盲。也没有人仔细查看过那具奇异的骨骼，因为没有人敢正视它哪怕千分之一秒。

祭司熄灭宇宙间所有的灯笼，只是为了能在逃亡的大军中一眼认出自己心爱的女人。而我的骑士带回那粒恒星的碎屑，也不过是为了用不朽的火光温暖我黑色瞳仁里的寂寞。黑夜成全了我的母亲，白昼成全了我。

在我们葬身的地方，有吹不熄的光。

“行星三部曲”之三

艾罗斯特拉特的雨

第一日

婚礼因为沙暴的到来而取消了。

按照这颗星星上的风俗，一切仪式都必须由牧师主持。而沙暴来得十分突然，此刻牧师还在八英里之外的家中。

新娘托着腮愁闷地坐在窗前，地板上有两只白鸽走来走去，啄着她映照在光洁大理石上的倒影。

教堂穹顶的彩色琉璃在漫天的沙尘中显出暗淡的颜色，这一刻，新娘素白的长裙倒是显得格外鲜亮。

她的面孔大半隐藏在黑暗中，自阴影里浮出的部分却都如同她的长裙，素白且明艳。

男女傧相坐在隔壁另一间较大的屋子里，婚礼被突然取消的这个消息让他们一个个变得喋喋不休。

“取消？这怎么行！这可是艾罗斯特拉特的第一场婚礼！”他

们中的许多个这样说道。而另一些年纪稍长的则较为周到地提出："或者我们应该选出一位代表去看看新娘怎么样了，她似乎情绪很糟。"

最后，这群吵闹的宾客中诞生了十一位这样的"代表"，他们一齐走向新娘独自静坐的房间，小心翼翼地推开了桃木的小门。

他们看见穿着白色婚纱的美丽新娘，她正坐在暗影中叹气。

"亲爱的，"他们依次错落着轻声喊道，"宝贝，也许这场沙暴过不了多久就停止了。牧师先生会尽快赶来……"

十一位代表排成弧形，像一个临时的合唱团那样，闹嗡嗡地朝着新娘走去。

鸽子从地板上飞起来，它们的羽翼以一种不可思议的方式拍打着空气，掀起的旋涡状气流震动了每一个人的鼓膜。

劝说者们抬头的时候，看见金色的爪子从白鸽的龙骨突处一点点伸出，最后，撕裂的羽毛融化在刺目的光芒之中。

他们中的十个目瞪口呆地看着万千道金色的流光自半空中射出，教堂的穹顶闪耀出庄严而华丽的色彩，鸽子消失在空气里。

剩下的一个捂着嘴惊叫了一声——

"新娘不在这里！"

新娘不在这里。那个默默叹气的人儿只是一个漂亮的平面。当十一位宾客走得再近一些，可以绕到她的一边时，就能发现那只是一个小小的诡计，一个简简单单的全息影像罢了。如同那两只鸽子只不过是不稳定的光学幻影。

那么我们的主角此时跑到哪里去了呢?

她正在沙暴里飞奔。

当然不是穿着素白的长裙。事实上，如果你敢在艾罗斯特拉特沙暴肆虐的这一天走出掩体，或许能从飞扬如雨的墨色沙尘里认出她来。

实在说不上来像什么好——我们的新娘，她在这样一个重大的日子里竟然是穿着滑雪衫逃跑的。她的脚上套着一双格外宽大的蒲扇般的鞋子，这样才不至于陷入炭渣般的沙子里。而她的头上，那本来应该戴着茉莉花环的地方，是两根有韧性的“触角”，它们在风中晃来晃去，好像她是一只因为贪睡而错过了春天的昆虫。

她就以这样奇特的行头在絮絮落下的沙尘中一个劲儿地跑着。

她的身影被沙砾涂抹成一只蝴蝶的模样，她在比夜色更深沉的背景中诡异地穿行。

一场婚礼需要些什么呢？教堂、戒指、男傧相、玫瑰、伴童、圣经、女傧相，嗯，当然还要有一个牧师。

所以你该猜到，新娘的身上一定带着一个秘密的小本子，上面记载了一些这个年纪的女人所关心的事情，包括艾罗斯特拉特不成文的那些古怪规则。在“结婚”的那一页，“婚礼必备”这一项的后面，肯定有以上的那些内容。毫无疑问，逃跑的新娘丢下了教堂、戒指、玫瑰、伴童、圣经、男女傧相……是为了去带回八英里外的那位牧师。

第二日

一只奇怪的蝴蝶在黎明时分落在牧师屋后的花园里。

牧师听见一个女人清澈的声音穿越重重沙尘传进自己的耳朵。在这短暂的时间里他做了一个梦，这个梦刚巧是我在讲述第二日时告诉你的第一句话。

于是牧师醒来了，他发现晨曦的微光被挡在了铺天盖地的黑沙之外，他燃起一盏风灯，来到自己的花园。

身穿睡袍，戴着睡帽，袜子长又长的牧师举起风灯，看见了躺在花园里的，穿滑雪衫的新娘。沙砾混在她的发丝里，所以她的头发更黑，而面孔更白。

牧师把新娘抱进了屋子，放在靠近壁橱的地毯上。这样一来，在跳动的火光中，新娘沉睡的脸庞就显得格外动人——而她纤细的睫毛垂下时所形成的暗影，正是一只蝴蝶的模样。

新娘在地毯上睡了一天一夜。从一个黎明到另一个黎明。

第三日

“这么说你就是打算出现在艾罗斯特拉特有史以来第一场婚礼上的那位新娘？”第三天的早上，牧师问醒来的新娘。

她睁开眼睛，从地板这个高度看去，两只拖鞋正在走来走去。新娘坐了起来，背靠在已经熄灭的壁炉的栅栏上，这次她看见了两条行动中的裤腿。她嗯了一声，抬起眼睛，发现那是一个端着咖啡杯的男人。

男人正一边喝咖啡一边装作打量壁炉旁的一幅画。他的目光渐渐游移到画的右侧：那个坐在地毯上的年轻女人。他只是好奇在这样一个可怕的天气里，这样一个奇异的女人究竟是怎么降临在自己的花园里的。他不经意间偷看了新娘随身带的那本秘密小本子才得以推测出她的身份，一开始他还以为那是《沙尘暴突发时有关昏迷中的美丽女人的急救手册》。

“那么，”新娘大大方方地开口道，“请收拾收拾，准备出发吧。婚礼只差一位牧师了。”

“不，不……”牧师皱着眉头，好像咖啡突然变成了毒药，“这里头有什么不对劲。你肯定搞错了。我说，你为什么要举行婚礼？”

“因为这本小册子上写着，”新娘皱了皱眉头朗诵道：“‘通往幸福的一千零一条道路：第三百三十一条——举行一场婚礼，不管你在地球、火星，还是艾罗斯特拉特这样的地狱；不管你是碳基、硅基，还是无稽的灵魂或生命；不管……’”

“可是，”牧师一脸无辜地说，“我不能跟你去。即使我去了，婚礼仍然不能举行。”

这回轮到新娘皱眉头了。不过她的脸上随即露出一种喜悦的探究的表情，充满好奇地问：“为什么？”好像完全忘记那是切身的事情。

“因为作为一个牧师，必须按照艾罗斯特拉特的牧师法典来主持一切仪式。”他说到这里，变魔术般地掏出一个小本子。那是他用来记录一个牧师所关心的一切的秘密本子，包括艾罗斯特拉特流传已久只供神职人员知道的那些明文准则。

新娘坐在地板上没有动，她抬着头盯着那个秘密本子，又偷偷窥探了一下牧师的神色：“上面怎么说？”

“上面说，即使有一位牧师在场，婚礼也不能缺少另一位证婚人。”

“谁？”新娘懒洋洋地问道。

“艾罗斯特拉特的雨。”

“雨？那是什么？”

“那是一种透明的沙暴，沙砾大得惊人，不过那些沙砾更多的成分是水。”

“天气预报里从来没提起过这么可爱的沙暴。”

“自艾罗斯特拉特有人类居住以来，这种不寻常的沙暴还从未发生过。”

新娘瞪大眼睛，她樱桃一样的嘴唇使整张脸看上去仿佛一种可口的食品：“那我要等到什么时候才能举行婚礼？”

牧师耸耸肩：“等艾罗斯特拉特下雨。”

“可是，”新娘咬着嘴唇说，“我不能再等了，我要马上结婚。宾客们都还在教堂里坐着呢！”

她说着从地板上站了起来，与此同时牧师松开紧锁的眉头开口道：“在一种情况下，婚礼仍然可以举行……”

他低下头快速地翻阅了一下自己的小本子，最后得出结论：“要求立法者修改法典。这里的一切规则，都是由第一个来到这颗星星的人——艾罗斯特拉特制定的，那时他还只是一个十五岁的少年。或许这条古怪的法则可以得到他的同意被修改。”

新娘高兴地跳了起来，她跑上来抱住牧师在他脸颊上飞快地吻了一下，快乐地说道：“这么说如果我们去求他修改法典，我就可以举行婚礼了？”

艾罗斯特拉特，这个地狱般的天堂，人类居住的历史可以因为那个叫作艾罗斯特拉特的人的到来而精确到两万三千九百七十一天。

第四日

沙暴在这一天停止了。

然而婚礼还是无法举行。留在教堂里的那些宾客从各自家中带来了炊具和毯子，他们住了下来，等着新娘回来以便举行艾罗斯特拉特的第一场婚礼。出于好奇心的缘故，谁都不想错过这场有史以来最为动人的仪式。

而想看浪漫故事的读者或许要失望了。因为牧师并没有陪新娘一起上路。他们出门的时候，一个向左，一个向右，牧师去教堂等她。在这个流沙一样的星球上，地图是废物。没有什么是比“去找某某”更困难的事情了；何况那个叫作艾罗斯特拉特的八十岁老头谁也没有见过。所以，新娘告别了向左走的牧师，独自朝右出发了。

这一次，她换上了自己那条白色的长裙，并且在出发前不得不跟牧师借了一条银灰色的袍子做斗篷。因为一旦沙暴停止，整颗星星就变得滚烫起来。年轻的恒星把艾罗斯特拉特烤成了一个充满了甜滋滋的焦煳味的世界，走在黑色的沙砾上，仿佛走在煎锅的边缘一样。而来自头顶的灼热的光，则仿佛把地表的世界凝固成了一大块果冻，穿斗篷的新娘此刻就在暖烘烘的果冻里奔跑。

她的手臂在空气中划出一道道波纹，好像那真的就是被切开的果冻。她的斗篷始终微微地扬起，即使没有风的时候也不曾垂下。这个银灰色的小人儿在一望无际的世界里七拐八拐地跑着，留下一条条交错的轨迹。她有时跑得笔直，另一些时候却似乎在180度地往回跑。在这颗袖珍的星球上，如果你的每一步都是左脚稍微比右脚伸得少一点，你很快就会发现自己转了一个圆圈，逆时针回到出发点了。所以新娘一开始尽力往右边跑，然而结果她发现自己顺时针回到了出发点。

傍晚的时候天空中出现了第一颗星星。这让新娘突然得到了某种暗示。她决定一直朝着这颗星星的方向跑，这样就不会再回到出发的地方了。

于是，第四天的夜里，你可以从高空俯视到艾罗斯特拉特地表上一粒飞舞的萤火。身穿银灰色斗篷的新娘不知疲倦地跑过了茫茫无际的黑色沙地，像一颗隐秘的星星路过漆黑如墨的天际。

第五日

随着白天的到来，新娘渐渐看清周围的一切。远远近近的戏班子好像城市一样，竖立着城门和招牌。

她看见小山般巨大的蚁兽在帆布帐篷间缓缓地穿行。它们赭红色的皮肤龟裂出深深的沟壑。驯养者的声音淹没在滚滚的热浪之中。

新娘鼓起勇气，走近其中一个帐篷，询问坐在跟前的一位老人是否知道艾罗斯特拉特——那位星球的主人，现在住在什么地方。

老人正一边把银色的头发编成若干小辫，一边往上面缠绕羽毛。他抬起头来，那模样正是一个民间艺人应该有的。在他的脸上是一双大而干涩的眼睛，灰蓝的瞳孔里映出天空中苍茫的恒星。新娘想，太好了，他或许真的知道些什么呢，向这样的流浪者打听消息，比等着教堂里的宾客们做决定要可靠得多。

“三十年前我见过他，之后就双目失明了。”他说完，又埋下脸沉默地编织起银色的头发，再不肯说一个字。

新娘只好继续往前走。她看见一个正在给信鸟喂食的男人，他赤裸的胳膊上文着一道奇怪的青线。

“请问，”她小心翼翼地开口道，“你知道在哪里可以找到艾罗斯特拉特吗？”

男人扭头看了她一眼。他的眼神充满了桀骜与凌厉，好像他从来都是盘旋在空中来看待世人的。他肩头的鸟儿却说话了：“黑老头儿，瘦老头儿，小老头儿，艾罗斯特拉特……”

它说来说去就只会这四句，于是新娘也只好离开了那里。她在这充满了各种古怪人士的嘉年华会上兜了一圈，没有谁能够告诉她到哪里才能找到艾罗斯特拉特。新娘当然不肯放弃，她请求戏班子里的一位针绣女工在斗篷上缝上艾罗斯特拉特的名字，这样她就不会错过任何一个认识他的人。陌生人看见斗篷上的名字，一定会主动问她：“你找他做什么呢？”接下来，她就能从他们那里得知他的下落。她不禁为艾罗斯特拉特能有这样狡黠又聪明的新娘而微笑了一下。

然而当新娘穿着这个斗篷走出来的时候，人们却只管忙着手里的活，没有一个人来搭理她。新娘沮丧地走了两圈，最后无奈地决定离开这个怪人云集的地方。

她在城门口被人抓住了脚踝。新娘吓了一跳，低头一看，正是那个银色头发的瞎子老人。老人的面部剧烈地抽动着，他压低声音对她说："跟着猴子！"新娘的脚踝被他紧紧抓住不能动弹，她的眉头因为受惊而微微皱起。老人一声比一声嘶哑地对她喊道："去吧！孩子！去吧！……"

新娘抽出脚，退了两步。她回头的时候，发现老人空洞的双眼正盯着自己。他嘴里还在说着："去吧！孩子！去吧！……"

于是她转身跑了起来。

她知道在哪里可以找到猴子。

那个胳膊上有着奇异文身的男人，他驯养着马戏团里的所有动物。

猴子穿着墨绿色的马褂，在一个躺着的小木偶身边吱吱叫着。信鸟用一只爪子抓着发青的铜条，学着猴子发出吱吱的叫声。新娘像一只柔软的黑猫，悄悄地走近它们。接下来是一连串的动作：逮住那只叽叽喳喳的鸟儿，把它塞进木偶的肚子里，解下套住猴子的绳索，把它放到自己的肩上，与此同时把猴子的墨绿色马褂给木偶套上。

她在很短的时间内做完这一切，然后鬼鬼祟祟地逃离了现场。

没过多久，那个男人就发现吱吱叫着的已经不是真正的猴子，而是木偶肚子里多嘴的信鸟。他怒气冲冲地抓起木偶抖了两下，信鸟从里面掉了出来，晕头转向地叫着“吱吱”“吱吱”。男人忍不住笑了一下，不过他随即从裤腰里摸出了一枚金闪闪的哨子，脸上露出凶悍的神色鼓起腮帮吹了起来：“抓住那个新娘！她偷走了猴子！”

此时新娘已经跑了很远。

猴子藏在她蓬松的卷头发里，抱着她的脖子睡着了。在她和它的身后，巨大的城门正一点一点地打开，戏班子里的人都涌了出来，他们手里拿着各式各样的东西，表演用的假橙子、号码牌、扇子或者碗。他们都还穿着夸张的戏服，急匆匆地张望新娘逃跑的方向。

所有的人都只看见一个已经快要消失的银灰色小点。

男人的眼角带着暴戾，他用一种诅咒的口气说道：“她偷走的是艾罗斯特拉特最后一只猴子！”

然而我们的主角已经跑到很远的地方去了，所以那男人之后说了什么实在听不太清。过后，戏班子的人还是同往常一样，忙忙碌碌地重新做起各自的活计。

头发里藏着猴子的新娘背朝嘉年华会的方向跑啊跑啊。她很害怕自己的脚踝再次被人抓住。而年轻的恒星已经斜斜地沉了一半，这一天不剩多少了。

渐渐衰弱下去的光线仿佛是在和她赛跑，一点一点咬着她的脚后跟。这样，第五天的艾罗斯特拉特上就出现了一个很奇特的景象：奔跑的女人不像穿着银灰色的斗篷，倒像是披着一件无比巨大、覆盖了整个行星的黑色披风。她所跑过的地方，通通没入了无尽的黑暗。而她的前方，永远无法抵达的地平线上，恒星正慢慢下沉。她成为光和影的分界，她跑到哪里，哪里就进入黑夜。而她的前方，永远是白天。

这样奇异的景象持续了不长的一段时间。因为新娘终于跑累了。她渐渐放慢了脚步。于是恒星的微光一口叼住了她的脚踝，没过她的膝盖、腰、胸、修长的脖颈和动人的脸庞，最后收敛在她的前额。新娘黑色的瞳孔沉入水一样的黑暗。很快，她的整个人就被艾罗斯特拉特的夜吞没了。而光，则朝着她的前方急速地奔走，落到了地平线下。

猴子在她浓密的黑色卷发里苏醒，嗖的一声跳到了地上。它的双眼在夜色中发出绿色的光芒，猴子领着新娘往一个方向走去。

第六日

她在黑暗中来到一个巨大的坟场。第六天才刚刚开始。

她看见磷火在一片枯萎的树桩间忽隐忽现。那是些死去已久的树木，它们有错结的根部和数不清的年轮。而葬身于此的并不仅仅是树木，还有另一种生物——磷火在它们的白骨间跳跃，舔舐死者的眼窝和肋骨。无声的幽灵布满了这个山谷，在环形山谷的高处，重重叠叠的是类似人类的遗骨；而在谷底，则散落着各种鱼类的残骸。其中最大的一具好似一座城堡，粗大的脊柱骨以一种优雅的姿势横贯了半英里那么远，由脊柱骨两旁伸出的肋骨就仿佛城堡稀疏的围栏。或许那是一头传说中的龙的遗骨。很多年以前，这个星球上曾有一个内海，很多人相信那个深渊中生活着一头巨大的龙样的生物。

传说已无法考证，现在的艾罗斯特拉特星属于那个与之同名的八十岁老头。新娘把目光从那具来历不明的巨大骨架上收回，开始打量起身边这些“人类”的遗骨。

“黑老头儿，瘦老头儿，小老头儿，艾罗斯特拉特……”

她想起那只鸟儿的话。难道，艾罗斯特拉特已经死去了？上帝保佑，新娘心想，这些骷髅里头可千万别有谁叫作“艾罗斯特拉特”。因为它们看上去无疑都又黑又瘦又小。

她怀着这种无比担忧的心情走了几步，发现一些较为新鲜的尸体。那些尸体都是猴子。

新娘在某个瞬间恍然大悟，躺在这里的骷髅并不是人类，而是猴子。这是一座天然的坟场，死树木，死猴子，死鱼，或许还有一头龙。

她又冷又饿，不过此时只有一个念头决定着她的行动：找到艾罗斯特拉特。所以新娘在这片森森的白骨中跑了起来。她一边跑一边喊着“艾罗斯特拉特”。这个山谷是如此巨大，她听到回声在很远的地方与自己的呼喊相遇。她赤着脚飞奔，踩在死去的树木和燃烧的磷火上。她是这死亡世界唯一的活物，她的行动只得到沉默的回应。

天亮的时候，细心的新娘发现一株十分巨大的死树。它的确很与众不同。因为曾经遭遇过雷击，树桩留下一个黑洞洞的空心。新娘把斗篷取下来，拆成一根长长的布条，一头系在树桩上，另一头拽在手里，这下子，新娘身上只剩下那条素白的长裙了。她就这样赤着脚爬进了树心，不出所料地掉了下去。

她觉得下落的过程很奇怪，因为无法确切地感觉到用了多久。或许只是一个瞬间，然而在这过程中她有足够的时间去翻动自己脑海里的各种回忆，甚至可以想清楚过往所有的细枝末节；或许是一个上午，然而她亲眼看见流光倏忽而过，通通朝着头顶跑去，如同跃迁时在舱内望见的星空，光阴的一瞬，人的一生。

总而言之，我们的主角还是毫发无伤地落到了地上。她摸索到一面墙，断定这是一条走道。

新娘在漆黑的走道里走着，好像走在凝固的时间里。她不知道走了多久，终于看见一个开阔的广场。

令人称奇的地下广场！堆积成山的木屑和猴子的尸体占据了广场的一半，而另一半，则是一个黑乎乎的炉子。这是新娘见过的最大、最丑、最不像炉子的炉子。

炉子似乎已经冷却了。它的某些部分曾被自己烧化了，像蜡烛那样滴落又凝固。它这怪异的模样仿佛是一个预言者，正在俯视着来自过去的时光。

新娘听见背后响起脚步声，她飞快地回过头，看见一个手拿《艾罗斯特拉特日记》的男人。

“艾罗斯特拉特？”新娘失声叫了出来，她觉得自己的血液正潺潺地从脚底流向脑袋，“我还以为……我还以为……不过，虽然您已经八十岁了，却还长得不赖，像极了我刚认识的……某人。”

“什么？”男人抬起脸看着她说，“我不正是你的牧师吗？”

就这样，穿着牧师袍的牧师和穿着素白长裙的新娘第二次相遇了。

“牧师先生？”新娘张大嘴巴，过了一会儿说，“你为什么会在这里？”

“前一天早晨我和你告别之后一直向左走，没多久就在通向教堂的路上发现了一大片猴子的尸体，更没想到在这里找到了艾罗斯特拉特。昨天和今天我一直在看他的这本日记。”

新娘鼓起腮帮，用手指梳了梳头发。她很不好意思接受这个事实。她曾经在沙暴的天气里徒步八英里，从教堂走到牧师的家，然而那时这个山谷一定被沙尘蒙蔽，所以她并未发现；她也曾从牧师的小屋向右一直行走，经历了种种繁乱的线索，还差点与这里失之交臂。没想到牧师却早在自己之前不费吹灰之力就发现了这里。

“他在哪里？”她问。

“在那台机器上面，”牧师伸手指着一台拥有四个机械手的庞大机器，“不过已经死了。”

“死了？”

“或许已经死去很久。我爬上去的时候发现驾驶座上的一具干尸，是个又黑又瘦又小的老头儿——不知道他活着的时候是什么样（新娘在心里悄悄说了句：没有两样）。他的腿上放着一张施工图，口袋里是这本《艾罗斯特拉特日记》。日记里有一张女人的照片。或许这些东西可以说明什么。至少，那些猴子的尸体已经得到了解释——艾罗斯特拉特星球的领主，在几十年间一直在默默地计划和执行着一项庞大的工程，现在，他似乎已经通过役使这颗星球上的猴子而达到了自己的目的。”

“那些猴子都是累死的？”

“是的。他把这颗星球上的树木也几乎砍伐光了。猴子在他的役使下修造了这个秘密的地底广场，唯一的通路是一株遭遇过雷击的老树。猴子还被迫砍伐这里的所有树木，把它们作为燃料投入那个巨大的炉膛。”

“他为什么要这么做？”

“不知道，他的日记里只写着他每天都做了什么，没有提到原因。”

“或许和那个照片上的女人有关。”

“在这一点上，我相信你作为女人的直觉。”

“可是他似乎……做了一件毫无意义而又惊天动地的事情。他煮死了那头龙！”新娘突然意识到这不是一个山谷，而是个硕大无比的盆地的一部分——六十五年前这里一定是一片海。

“是的，艾罗斯特拉特内海的全部海水被他的炉子蒸发殆尽，所有的鱼类都被煮熟了，包括那头深渊中的龙。”

“简直不可思议！”

“那么，你怎么办？”

“我？”

“立法者死了，我们没有得到他的允许。你的婚礼必须有艾罗斯特拉特的雨才会有效。”

“我是不会放弃举行婚礼的。”

“你要等到下雨才结婚吗？艾罗斯特拉特六十五年来可从来没有下过雨。如果你还要等上六十五年……”

“那就等上六十五年吧。牧师先生，我想我们可以离开这里了。”

于是，新娘一手牵着牧师，一手拉着她从斗篷上扯下来的绳索，离开那个死者的广场，重新走进了黑暗的地下隧道。

当他们还在这黑暗世界借由绳索的指引潜行的时候，外面的天空中正在扬起一种奇怪的沙尘。

第七日

教堂的门砰的一声被推开了。

所有的宾客都望向门口，掩饰不住惊讶。等到他们看清门口站的人就更为惊讶了。新娘像一个落汤鸡似的站在门口，她漂亮的卷发被水打湿了，一绺绺垂下来，水顺着发丝滴滴答答，一直落到她赤足站着的大理石上。

她一步步地朝前走，在宾客们吃惊的议论声中走上了仪式台。大家看见了她婚纱的尾摆已经完全湿透，像一团水藻似的拖在地上，这才相信这位新娘正是他们所爱的那个狡黠而任性的姑娘——上帝保佑那不是幻影。

浑身是水的新娘亭亭玉立，不过因为奔跑过度，有一刻她几乎要晕倒。

随后进来的是牧师。他的牧师袍也如同才从水里捞起来一样。牧师的头发完全湿了，不过即使如此他看上去仍然不赖。

“婚礼现在开始。”他简短地说。

人群中爆发出一阵热烈的掌声。大家都觉得等得太久了。他们像吉卜赛人那样把教堂当成大篷车顽强地坚持了整整一个礼拜。

“好的，”牧师走近新娘，注视着她的眼睛问，“新郎在哪里？”

“新郎？”

牧师扭头看了一眼底下站着的宾客们，他们正伸直了脖子等着看婚礼。他回过头挡住他们的目光，对新娘做了个暗示的手势："新郎……新郎……'婚礼必备'上不是写着吗？"

"啊，"新娘捂着嘴巴小声地惊叫起来，"我忘记婚礼还得有一位新郎了。"

牧师呆了一下。不过随即他们俩相视一笑。这个小动作逃过了底下所有人的眼睛。

"不过也不错，"牧师继续注视着他的新娘说，"虽然没有新郎，但是艾罗斯特拉特已经开始下雨了。"

"那么，"新娘也注视着他说，"牧师先生，让婚礼立即开始吧！"

在教堂外面，那些沸腾了六十五年之久的海水，终于从天上掉落下来了。

后　记

我很惊叹竟有这样的机缘，来写作《艾罗斯特拉特的雨》。当这个名字自说书人口中说出时，我完全以为那是一篇雷·布拉德伯里的科幻小说。后来他告诉我，世界上还没有人写出这样题目的小说。于是我说：好，那我来写。萨特曾经写过一个叫《艾罗斯特拉特》的短篇，讲述发生在一个名叫艾罗斯特拉特的古希腊人身上的荒诞事迹，他为了像征战的英雄一样被后世铭记而放火烧毁了阿耳忒弥斯神庙。这一点或许可以成为本文的一个背景。另外要感谢《阳台》的作者Deathwish，那实在是一篇奇妙的小说——没有《阳台》，就没有你们现在所看见的《艾罗斯特拉特的雨》。

—赶在陷落之前—

大业四年　元宵

我第一次见到洛阳的时候，它浑身散发着一种灼热的焦味。在漫无边际的黑暗中，吱嘎作响的洛阳城投下一道道黑魆魆的影子。后来，洛阳燃了起来。四处亮起的灯火把它照得如同白昼，人们在灯海中涌上街道。夜幕下的洛阳就像一枚纸糊的灯笼，它为自己的火焰所灼烧，一寸寸亮起来，又一寸寸黑下去。最后，这个灯笼燃得只剩下了一堆灰烬。

我的记忆中再也没有这么璀璨的元宵了。

大业十四年　寒食

西门御道里以西是长秋寺。

这儿的僧人们早课都唱的是《韦陀赞》，晚课则唱《伽蓝赞》。什么时候唱，全凭打云板的和尚什么时候打。寺里有个五味园，种着桂树、朱槿、香茅、优昙花和暴马丁香。因此长秋寺的桂花糕和花蜜饯很有名。寺里还另辟了地种上地瓜、芝麻、莲藕和石香菜。每每僧人们晚课的时候，我便顺着他们在泥地里踩出的一条小路，绕过莲池，去寺角摘些石香菜。

这天我刚蹲下来伸出手，就听见身后响起一声暴喝："禅师！"

我回头，昏暗的天光下，一个项上绕了一圈佛珠的男人正站在不远处瞪着我。他的面孔白而薄，似乎要透出香气来；而那些佛珠，则个个光滑透亮得像鸡子。

"我，我只是看看石香菜长新芽了没有。"我赶紧缩回手，蹲在地上看他。

"跟我来。"他丢下这句话，头也不回地走了。

我悻悻地站起来，仍旧采了一把石香菜，胡乱地塞进怀里，抬脚跟了上去。那人沿着我来的路走，每一步都踩在我之前踩出的脚印上，不留自己半点痕迹，所以看不出来他到底是不是贴着地面在飞。

经过那驮着释迦牟尼佛的六牙白象，他走到了大殿侧门的一个禅房里。我跟了进去，他已经在佛龛前坐好了。

青灯照着桌上的一把竹尺，那尺面儿竟有些光亮得泛油。

他既不说话，也不看我。

我伸出左手来，眯缝着眼睛。

眼前有个黑影晃动了一下，接着手上传来三下痛：啪啪啪。

他拿尺子打完我的手，仍旧是不说话。

我只得又换上右手去给他打了三下。

“回去吧。”他说。

我站着，他坐着，我睁眼的时候只看见一个锃亮的脑袋。

我朝着这颗脑袋躬了个身儿，扭头一溜烟跑了出去。

几颗疏星投下的微光照着静谧的长秋寺。似乎络绎不绝的香客和晚课的僧人们都在这个平凡的春夜里消失不见了。

沿着黑黢黢的僧房一路快走，穿过两道偏廊，我猛吸着气，低头只顾着赶路，冷不丁瞥见暴马丁香树下坐着的一家子。

这家都穿着极好看的衣裳，父母正在丁香树下招着手，让孩子过去一同吃点心。那家的孩子同我一般，也是十岁的样子，却并不像我头上挽着丸子一样的两个小髻，而是将头发高高地束起。

在漆黑一团的树荫里，有荧光在这三人的皮肤和衣裳上流转。乍一看，他们就像是绣在墨色屏风上针脚绵密的一块留白。

他们似乎很开心。一直咯咯笑个不停。

我听那对父母唤自己的孩子叫“离阿奴”。他们一同吃了点心，母亲又陪儿子下了几回棋。

那棋盘和棋子上也有莹白的光在动。

我呆看了他们半晌，突然想起波波匿还在家里等着我，只得拔脚又开始跑了起来。

出了长秋寺，月色更加清朗了。

回家的路一目了然。

跨进院子的时候我闻到一股炒鸡蛋的香味。

波波匿一边往灶膛里加柴，一边头也不回地问我道：“东西呢？”

我赶紧从怀里掏出石香菜，递到她跟前。

她一把抓过去，揉在手里，放在鼻子尖儿上使劲地闻了又闻。那模样就好像她又亲手抓到了一只鬼一样。

波波匿是个“抓鬼婆婆”。

我和波波匿住的地方，在西阳门旁的延年里。没有人怀疑我是她的孙女。我从记事起便叫她婆婆，但在我的记忆中，她并不是我的亲婆婆；至于我的小名“禅师”，波波匿也说绝非她取的。漆黑一片的洛阳城里有多少人像我们一样，住在同一个屋檐底下，却有着旁人无从知道，甚至自己都无从知道的关系——这又是另一回事了。

而我对波波匿来说，除了可以去长秋寺里帮她偷石香菜，似乎再无用处。波波匿抓鬼并不收钱。因为没有人出银子请她去抓鬼。她是自愿的。就好比僧人请求布施，我们之所以没有饿死在洛阳城，是因为她常去向僧人请求施舍小米、地瓜和蜜饯。而长秋寺那位年纪不大的云休方丈也总是放任我去偷石香菜，只是每次总要左右手心各打三下。

在夜幕笼罩下的洛阳城里有许多鬼魂。波波匿身上总是带着一串用竹篾编成的小笼子，她从野地、宫闱、伽蓝或是民居中抓到鬼之后，就将它们放入这些笼子里。如果一次抓得太多，她就随手扯下一根狗尾巴草，将脆韧的茎压在舌头下一捋，然后像穿蚱蜢一样，穿过那些鬼魂的脊背。那些鬼魂一个个只有老蝉大小，黑头黑脸，身子却有些发灰。它们串在狗尾巴草上，发出细细的嗡声，再也无法动弹了。

然而关于我未曾见过的一切，却总是比现实中的波波匿更加令人神往。我常想，她必定从顽童时代就是能见到鬼的。当她像我一样梳着两个丸子似的小髻，就开始在洛阳城的街肆中收集那些鬼魂了。洛阳城从来都是这样为夜幕所笼罩。有一副巨人的骨架拖动整座城市迁徙。阳光永远无法照到洛阳。这座“夜城”也就充满了鬼魂。它们如此之多，没有人知道它们从何而来，唯一的解释就是鬼魂也能繁衍鬼魂。于是波波匿一直没办法捉完洛阳城所有的鬼魂，她这一生只重复做着同一件事，阳光从未爬上她的额头，她却已经变成一个白发苍苍的老妇了。

波波匿抓了这么多鬼，但始终没有抓到她要找的那只。

她在找一只叫“朱枝”的鬼。

“抓到朱枝会怎么样呢？”我曾问她。

“迦毕试才会死心。”

“迦毕试死心了会怎么样呢？”我又问。

“那些该死的白骨才会停止不动。”

“白骨停止不动了会怎么样呢？”

“洛阳城就会停下来。”

“洛阳城停下来了会怎么样呢？”

“阳光会照到这里。”

“阳光照到这里了会怎么样呢？”

“我才能见到想见的那个人。”

我所知道的关于洛阳的一切都是波波匿告诉我的。

城里有三个她从来不碰的鬼魂。她们是三位光着头穿青袍的女子，总是喜欢蛰伏在永宁寺被烧毁的浮图上。波波匿说她们是前朝的三位比丘尼，葬身在永熙三年二月的一场大火里。她们的头发，眼睛、牙齿、乳房和四肢，都熔成了黑色的灰烬，嵌进了烧毁的浮图中。我一直奇怪为什么波波匿总是抓一些又小又没意思的鬼魂，却不管这三个动静很大的鬼魂。她们热衷于不歇地歌唱。三位比丘尼的歌声，从北魏一直吟唱至今，萦绕在洛阳黑夜中的街道。

而我们在朗月的夜里能够清楚听到的那种吱嘎作响的声音，则来自波波匿所憎恶的那副巨人的骨架。这具白骨力大无穷，它一下子就能将洛阳城连根拔起，然后给洛阳套上鞍子、肚带、缰绳和笼头，牵着这座城一路向西。我从记事起，就非常热衷于跑到离延年里不远的西阳门去看白骨是如何拉动洛阳城的。它的每一片骨头都是独立的，这些骨头每一根都足有一株老槐那么粗，它们悬浮在空中，骨头和骨头之间仿佛被看不见的血肉所牵引。二百零六块白骨在星光的照耀下若隐若现，直入云端。它们的律动如此一致，脊柱就好像一条长线，而那个孤零零的头颅则像飘向月亮的风筝一样。

白骨日以继夜地拖着洛阳城沉入黑夜。长久的迁徙带给这座城市一种灼热的焦味。洛阳城就像大地肉躯上一枚锋利的犁，将土地耕开。地下的血脉翻涌而出，蜿蜒成一条无法愈合的疤痕。

洛阳每时每刻都在崩塌和瓦解。城里的每一口井都枯竭了。它们成了洛阳断掉的牙根，深深地插在这座带着腥味、无比巨大的口腔中，在日益萎缩的牙龈下发出碎裂的声响，逐渐变成了粉末。终于有一天，洛阳城里再也找不出一口井来。

波波匿说，洛阳离陷落的日子不远了。

如果是那样，她就可能再也见不到那个她想见的人。

白骨的主人防风氏活着的时候差不多是一头龙。他死在会稽山。有人去过那里，施了法术，唤醒了这堆白骨，驱赶它们着了魔似的拖走洛阳城。

这个人就是迦毕试。

我一直以为迦毕试一定不是普通人，他与长秋寺的云休方丈不同，他与宫城里的皇帝杨广不同，他甚至与那些鬼魂也应当是大不相同的。

可是有一次，当我跟着波波匿去贫陋的东市酒肆抓鬼，她突然指着一堆穿着破衫喝酒的人说：瞧，迦毕试坐在那儿呢!

于是我看见了迦毕试。他坐在人群中，敞着怀，喝着酒，除了生得金发碧眼，其他都实在太普通。

后来我每次跟着波波匿去东市酒肆总会看见他。他的位置从来没有变过，似乎他一直都是一动不动坐在原地的。波波匿说这个胡商有两颗心，其中一颗长在左臂里。他在臂上文了不空成就佛和他的坐骑迦楼罗。因此在东市的酒肆里，你总能在一个男人赤裸的胳膊上看到一只张牙舞爪的鸟儿，它的心贴在他臂里的心上，缓缓地一齐动着。

有一次，当我盯着他胳膊上起伏的朱红色鸟儿看时禁不住想：

他并不属于洛阳城，现在，洛阳城倒似乎是属于他的了。

从他敞开的衣襟里可以看到一条蜈蚣一样黑色的疤痕。波波匿说迦毕试就是从那儿掏出了自己的心。他的心现在悬在九十丈高的空中——差不多同永宁寺未被烧毁的浮图一样高。那也是三个比丘尼的鬼魂能够飘到的最高的地方。在一些平淡无奇的夜晚，她们会细声吟唱出迦毕试那颗心是如何搏动着，以神秘的法术驱动防风氏的白骨的各种细节。这些细节是如此骇人听闻，以至于洛阳城的百姓在这些夜晚中通宵点着烛火，他们一整夜不做任何事，只是大睁着眼睛不敢睡觉。

我从来没有看到过迦毕试那颗血淋淋的心脏，因为洛阳总是沉溺在黑暗之中。白骨借着月色泛出银器一样的光芒，而那颗心脏却总是比黑夜还要黑。我看不到它，波波匿说它就跳跃在防风氏的胸腔里。我很快就相信了她的话，因为我总是能够听到静夜里那颗心脏收缩又鼓胀的嘭嚓声。

波波匿还说，以前没有人敢用这样的法术，是因为一个人只有一颗心。一旦把心挖出来给了防风氏的骨头，自己也就死了。而迦毕试是有两颗心的，现在，他靠左臂里的那颗心活着。可是那颗心很小，只有一截拇指大，于是迦毕试只能终日坐着。

和迦毕试的一动不动相比，他的沉默更是如同磐石一样坚固。因此我只能猜测他那个疯狂举动的初衷，为的是挟持洛阳城到他远在西域的家乡去——然后在一片黄沙之中，在洛阳城陷落之前，他必定会开口说出某句重要的话。

波波匿讲了一个大相径庭的版本。她说这个男人之所以如此疯狂，是因为他深爱着一个叫朱枝的女人。那个女人死在了洛阳城里。迦毕试要想再见到朱枝，就要避免已经成为女鬼的朱枝一不小心在阳光下化为一阵水汽。他驱动防风氏的骨骼，置洛阳于永无尽头的黑暗，就是为了某天能在黑黢黢的影子中遇到昔日的爱人。

这个解释除了把胡商想象得太过像一个怜香惜玉又饱读诗书、异想天开的汉人之外，倒还算合情合理。

而一旦承认了这一点，波波匿耗尽一生心血去做“抓鬼”这件事，就陡然增添了许多分量。

只有抓到了朱枝，迦毕试的心才会回到他的胸腔里，这时防风氏也才会放下洛阳城回到会稽山他那湖泊一样的坟墓中去。而只有洛阳城不再往西走，太阳才会追赶上我们，波波匿才可以见到她想见的人。

这是波波匿赶在洛阳陷落之前一定要做的事。

我们端着碗蹲在院子里吃了这顿晚饭。石香菜的味道在凉夜里伴着水汽弥散开。

头顶是流泻的星光。

周围走着几只鸡，它们用最快的速度啄去掉落在地上莹白如珍珠的饭粒。

今天是寒食，城里家家户户都在过节。过节意味着接连三天都不烧火做饭，以及要去东阳门替亲人烧纸钱。波波匿却仍要我去长秋寺偷了云休方丈的石香菜，烧了火热了灶，炒了鸡蛋。

她没有谁要烧纸钱。我也不记得我有谁要烧纸钱。

我总觉得她和我是那么不同，而这相同的一点，竟成了我们之间最无可辩驳的“血缘”。

“我能自己抓个鬼吗？”我问。

波波匿站起身，把碗里的剩饭倒在地上，几只鸡一哄而上。

“你抓鬼做什么？”

“那只鬼发育得很好，跟我一般高。之前咱们抓的那些又瘦又小的，全归你。”

波波匿奇怪地笑了一声，回答道：“莫不是你碰到了一家三口，一窝鬼？”

“你怎么知道？”

“他们还没死透，不算鬼，还不能抓。再等等吧。”

“那得什么时候呀！”

“一个月后。”

大业十四年　佛诞

佛诞从四月一日就开始了，一直要到四月十四日才完。

其实佛是在四月八日这天诞的，后人因错过了看佛怎么从母亲右肋下钻出来，于是立了佛降生像，在佛诞的日子里僧侣们要抬着金佛巡游洛阳，从一个寺庙传到另一个寺庙。往常，洛阳的皇帝老儿和百姓都一起到宣阳门点着火把迎接灿烂的佛像。以花铺成的道路使得洛阳城缓缓地沉入一种舒适而腐烂的气味里。

今年的佛诞有些不同以往。因为皇帝老儿去江都了。他走的时候骑着一匹漆黑的马，带了一些同样骑黑马的卫士。他们从东阳门跃下的时候就仿佛是从洛阳这匹大马身上滚落的几粒马虱子。

波波匿决定在四月七日这天抓住朱枝。

这天终于到了。佛降生像从城南的景明寺里被抬了出来，一路经过护军府、司徒府、太尉府和左右尉府，最后到了宫门——虽然宫里已经没有了皇帝。在快到司徒府时，永宁寺的三个比丘尼突然歌声大作，夜空中掉下无数白色的绢花来。有不少人都说佛像那微闭的眼睛似乎睁开了。

宫门外，迎接佛像的队伍嗡嗡地唱起了经。我在他们之中看到长秋寺的云休方丈也在。和尚们自己带着木鱼、堂鼓、坠胡和小钹，鼓乐声使得洛阳的黑夜仿佛一块纱似的要掉到我们头上来。突然，远远的一条街上亮起了无数灯火。

百戏要开始了！

我挤进人群里，看那热闹的游行队伍。里头有麒麟、凤凰、仙人、长虬、白象、白虎、辟邪、鹿马。他们走到哪里，人群就涌到哪里。突然，人群又统统朝着另一个方向跑去。那里的高台被火把点亮，来自西域的艺人开始耍起了吞刀、吐火、走索。屋檐下的灯笼都亮了起来。卖货郎沿街摆开了货摊。

这是洛阳才有的灯火夜市。

这是洛阳才有的繁华盛景。

洛阳是如此奇异的化身——它是一匹淹没在夜色里的马，一枚割开土地血肉的犁，一张散发着焦味的嘴，一座即将陷落的城，一只看不到回响的瞳，一阵吱嘎作响的风，一场疯狂至极的爱，一粒闪烁着萤火的虫。

在没有止境的暗夜里，它耗尽全力发出最后一点微光。我突然明白了洛阳城的鬼魂为什么永远抓不完。是那微弱的萤火让腐朽的感情都绚烂得化作了飞舞的魂魄。

然而大业十四年四月七日这天的我，并没有想到那么多。我被一个卖面具的货摊所吸引，站在跟前久久不愿离去。货摊上挂在高处的面具我根本够不着。而单是摆在最低处的这些就已经十分漂亮了！其中一张面具是一只两角的辟邪，流光溢彩，惟妙惟肖。我伸出手来，可手指刚碰到面具，它就掉了下来。

面具背后露出一张好看的脸。

我清楚地记得这张脸。就在一个月前，长秋寺颇有些凉意的春夜里，我曾盯着这张脸看了很久。

离阿奴，我记得他的母亲是这么唤他的。

他的身上已经没有了上次见他时的那种流转的白光。他已经变成了一个真正的鬼。

离阿奴伸出手在我眼前比画了一下，笑了："你能看见我？"

"嗯，"我说，"你现在是鬼了。"

可我并不确切地知道把一个和我一般高矮的鬼放进竹编的笼子的方法。

"你愿意跟着我走吗？"我只好问他。

他点点头。

庄桃树从墙上跃下来的时候，看上去就像一枚苍黄的纸鸢。

离阿奴说，当时他的母亲并不知道，他的祖父已经死在了遥远的南方。

离阿奴、他的母亲南阳公主、父亲宇文士及三人，被父亲起兵叛乱的哥哥宇文化及派来的家丁庄桃树活捉在自家的院子里。

被带走的那一刻，离阿奴甚至有一丝兴奋。

然而不久，当他们作为俘虏被带到山东聊城，一个名叫窦建德的人对他们说，自己必须杀光所有姓“宇文”的人。因为姓“宇文”的人杀了皇帝老儿杨广。

离阿奴被杀了。他的母亲南阳公主只流了一滴眼泪。

然而对我而言，洛阳的宫城里住没住皇帝，是件无关紧要的事情。对于和尚、商人、百姓、官员和卫士们而言，似乎也是件无关紧要的事情。

真正要紧的是亘古不变的历法和节日，迁徙不止的白骨和都城。

我摸到衣角里还有几文钱，于是带着离阿奴去吃烧饼和糖人。

我们又听了念梵唱经，看了吞刀吐火，离阿奴很高兴。

“对你没有好处的事，你做吗？”我问他。

他嘴里嚼着油桃，摇摇头。

“我求你做呢？”我又问。

他想了一下，点点头。

“帮我抓个女鬼吧。”我说。

如果真的抓到了朱枝，迦毕试就会死心，洛阳就会见光，所有的鬼魂都会消失不见。那个时候，离阿奴也会消失不见。所以让离阿奴帮我抓朱枝，我心里很愧疚。这就是我那么大方地请他吃东西的原因。

而离阿奴只是看着我，毫不犹豫地猛点着他那漂亮的脑袋。

百戏的演出让洛阳的中心更明亮，而四周却也更黑。

波波匿一路追着朱枝的气味到了长秋寺。

我和离阿奴蹲在她设的陷阱旁，眼睛一眨也不敢眨。

二更天的时候，青石板的巷道渐渐变成了红色。

因为走来了一个穿红衣的女人。

“那就是朱枝。”我对离阿奴说。

我们看不清她的脸，她的头发散得到处都是。

只要她走过了第三棵柏树，我和离阿奴同时使劲拉起手里的线头，朱枝就会被关进波波匿事先设下的竹篾笼子里。

一步，两步，三步……

扯线。

朱枝发出尖利的叫声。她像一颗珠子那样弹了起来，高高地飞过我们头顶，落在了长秋寺的院墙上。

她不停地叫着，叫声凄厉刺耳，我赶紧伸出两手来捂住耳朵。

离阿奴已经追了上去。

等我反应过来，气喘吁吁地跟上去，朱枝已经消失在了夜色中。

我们靠着院墙停了下来。

我累得上气不接下气，脑海里是朱枝飞起来的样子。风吹着她深红的裙角，它们在夜幕中鼓起和飘动的姿态是那么炫目，就好像她只是一缕花蕊，而层层的花瓣正从她身上苏醒。

过了一会儿，地上映出了一个狭长的影子。

我抬头，看见了波波匿。

“抓着她了吗？”我问。

她没有应声，递过来一屉竹篾笼子。我举起来，借着灯笼的微光仔细端详：里面空空如也。只沾了些夜露。

“又跑了？”

波波匿默默地点了点头。她突然显出不耐烦的神色，我赶紧解开一直捂在怀里的蒸糕，递到她跟前。她闻到里面石香菜的气味，总算有了好脸色。

波波匿咬了几口蒸糕，同我一道往延年里的家走。

每次抓不到朱枝，波波匿就会一连暴躁好些天。我却隐隐有点快乐。或者其实我并不是真心实意要抓住朱枝的。不然为什么我们抓了这么多年，却从来没有抓到过她呢?

走到一半时她停了下来，对着空无一人的街道说：“出来吧，别躲了。”

离阿奴从黑影里现出身形来。

就这样，我和离阿奴一左一右地跟着波波匿，像祖孙三人那样，走回了延年里。

武德三年　冬至

武德三年的冬天格外寒冷，我站在长秋寺的莲池旁，手捧在脸前哈气。不远处有个跟我差不多年纪，面目模糊的小沙弥趴在岸上敲着池面的薄冰，一面嘴里嘟囔着："一九二九不出手；三九四九冰上走；五九六九沿河看柳；七九河开八九雁来……"

新皇帝选了长安做都城。那是一座我们曾在若干年前路过的城市。洛阳从长安的身上碾过，向着日落的方向奔去。东都变成了西都，西都变成了东都。而在我们身后，名叫李渊的新皇帝端坐在崭新的龙榻上，他的子民在倾倒的残垣间修筑起一座全新的帝都，长安就如同当年的洛阳一样，接受着世界的朝拜。

洛阳并没有陷落，人们却已渐渐将它忘记了。

我的五官和四肢日益敏锐起来。我能在黑暗中穿针引线，在青兽一样的屋脊之间跳跃，在比丘尼的歌声中听见洛阳城里最私密的呢喃。直到有一天，在我习以为常的迦毕试的心跳之外，我突然听到了另一种完全不同的心跳。这种陌生的心跳就像猫走过屋檐或是雨滴落庭院。最后我终于搞清楚，那是我自己的心跳声。

我也终于明白原来命运并不是一条路，而是一条河。它会推着你走向某处。不管你愿意不愿意。

在一个晦暗的黎明，波波匿突然厌倦了她这辈子唯一着迷的事情。"禅师，"她用一种不紧不慢的口气对我说，"你去抓朱枝吧。抓住她之后，就去找迦毕试。”

我感到了前所未有的害怕。就好像突然被人看穿了一样。我已经可以抓住朱枝，但每次都故意放走了她。我甚至不再关心洛阳什么时候陷落，因为我害怕阳光照到洛阳城里时，离阿奴就永远消失了。

然而波波匿的话对我来说是无法抗拒的。孤独像脐带一样连着我们，我已经把波波匿当成了世上唯一的亲人。

冬至这天，朱枝把自己关在永康里的一间客房。

她从里面把房门闩上，独自在房里诵起了《大悲咒》和《小十咒》。

我正在门外发愣，楼梯上传来蹬蹬的脚步声。刚藏好，就听到来人已经走到了门口。

接着响了三下叩门声。

门内诵经的声音停了一下，马上又唱了起来。

来的人声音急切地说，自己是宇文士及。

宇文士及为什么会来找朱枝？我百思不得其解。

而那房门一直没有开。

他站在门口兀自说了许多话。他的愧疚，他的无奈，他的思念，他的不知情，他的身不由己。最后，他问她：我们还能做夫妻么？

她回答：我与你仇深似海，这辈子恐怕没这个缘分了。

宇文士及又说了很久。朱枝仍旧不开门。

宇文士及说的那些话，就是石头听了也会开出一朵花儿来，门里的人却说：非要见上最后一面，我只能打开门一剑杀死你。

最后，宇文士及鼓起了他这辈子全部的勇气，头也不回地离开了客栈。

他的脚步声是那么孤独，一下一下地敲打着走道……

这一瞬间，我突然明白了，门里的那个女人不是朱枝。

朱枝一定是从房门进去，又从窗户溜走了。她能在月光里像珠子那样弹得很高，像鸟儿那样展开裙袂华美地飞翔。

原本在房里的人，应该是南阳公主。

朱枝为什么会设下这个圈套，引我去抓南阳公主?

我跃上屋顶，那里果然已经空无一人了。

澄黄的月亮下，洛阳城那连绵的重檐、藻井、卷棚、庑殿都在微微颤动。连成一片的屋顶随着西阳门外那副白骨的呼吸而轻微地起伏着，如同洛阳是一个挤满了兽的畜栏。朱枝经过的地方会留下红色的印记，现在，这抹红色正淡淡地向西门御道延伸。

我说过我会在洛阳城青兽一样的屋脊之间跳跃。现在，我就正在鱼鳞一样滑腻的瓦片上跑着。每一次落脚，都能感到脚下的青兽在拱起脊背来接住我，于是我能弹得很高，落到更远的地方去。跑得快时，青兽都变成了巨大的鲤鱼。它们从洛阳城焦灼的土地中跃出，朝着长秋寺的方向游去。

在替波波匿抓鬼的月夜里，离阿奴教会了我在屋顶奔跑。

一开始，他须得牵牢我，不然我就会从屋顶上掉下去。后来，当我自己已经可以从东阳门的宜寿里一路跑到宣阳门的衣冠里，再又按着佛诞日游佛的路线，经过永宁寺，独自跃上宫城里那些华丽的庑殿时，就换成我牵着他了。

波波匿并没有向我提起过把离阿奴装进竹篾笼子的方法。他大部分时候并不像一只鬼，只是有一次，我用食指戳他的眼睛，才发现那里并没有什么眼球和眼白，而是一汪墨汁。

有时候我也会想，为什么一定要抓住朱枝呢？为什么一定要让洛阳城停下来？为什么一定要等到太阳照到洛阳城？这都是波波匿盼望的。但是离阿奴一定不爱在陷落于日光的洛阳城里变成水汽。而其他人呢？洛阳城其他的人和鬼魂呢？他们会想要抓住朱枝吗？为什么这么多年过去了，没有人抓住过朱枝？他们不知道朱枝与洛阳城之间那种隐秘的关联吗？而从不开口的迦毕试，他最大的秘密或许正是他的沉默吧。波波匿故意编了一个漫长的谎言，里面只有一个永远抓不到的女鬼和一个永远不开口的哑巴，这样，就没有人揭穿她了。

只有想到这里，翻涌的好奇心才会让我不顾一切地想要抓住朱枝。而除此之外，似乎再没有比离阿奴的一举一动更吸引我注意的事了。

我跑了不多一会儿就追上了朱枝。长秋寺的院墙，树木和驮着释迦牟尼佛的六牙白象，都已经变得赤红。

而这条血舌一样的路的尽头，是云休方丈的禅房。

我进到禅房里的时候，朱枝正在梳头。

她的头发就像一泓墨色的泉水，流泻在房间的四处。

云休方丈锃亮的脑袋浮在这汪泉水之中，若隐若现。

我的手心里全是汗。朱枝就在我的面前。波波匿和我各自追寻的谜底，就活生生地在禅房里站着，等待揭开。

禅房里有一种熟悉的味道随着朱枝的头发弥散。我突然发现，云休方丈用来放条尺的案上，放着一钵新摘的石香菜。

月光透过窗棂照进来，把这气味搅得有些奇怪。在这熟悉又奇怪的气味里，我伸出手来，触摸到了从未想到过的那个结局：

朱枝的头发一寸一寸地断裂了。它们在静夜里发出蚕啃噬桑叶的沙沙声，纷纷扬扬地落到了地上。最后，朱枝的头上只剩下了一簇乱蓬蓬的白发。而云休方丈刚才被她的黑发遮住的身体这才露了出来。他正盘着腿坐着，紧闭着双眼。

我正想叫醒他，这时，朱枝的衣服也一寸一寸地掉落了。那层层叠叠的深红色裙袂像被无形的刀所剪裁，从她身上絮絮地剥离。最后，朱枝的身上只剩下了一套脏兮兮的灰衣。

我目瞪口呆地看着这一切，就像三年前我第一次看着她像珠子那样弹落到长秋寺的院墙上一样。

而紧接着，朱枝的脸竟然也开始脱落了。我还没有看清她的模样，她的脸皮就变得干燥而翻卷，一阵风吹来，就像拂尘扫过佛案，那层贴在脸上的皮肤就消失不见了。最后，朱枝的面上只剩下了一张皱巴巴的老脸。

波波匿的脸。

武德四年　元宵

洛阳城仍在一刻不停地陷落。

防风氏的白骨日以继夜地牵着它往西走去。而洛阳已经不再是一匹淹没在夜色里的马了。在跋涉过不可计数的山峦与江河之后，洛阳成了一张千疮百孔的渔网。时间在这张网里无可阻止地流失，而关于洛阳城的种种传说和回忆也像光阴之河中的漏网之鱼一样，从洛阳松动的房梁上、倾倒的城墙边游走了。

若干年前那场浪漫而璀璨的迁徙，遗落为今日黑暗中的背叛与逃亡。

洛阳城里再也找不出一个可以说故事的人。洛阳即将陷落，而它早已被自己的城民遗忘了。

因为迦毕试还是没能在黑魆魆的影子中遇到他昔日的爱人。

我没有把朱枝交给他。

正月初十下了一场雪。

到十五的时候，雪还没有化。

我和离阿奴在院子里扎兔子灯。白纸糊的兔子灯往雪地里一放，几乎寻不着了。离阿奴就剪了几片红色的油纸，给它们做了眼睛。

我们做了一个特别大的兔子，这是兔婆。另有一些小的，是兔仔。做骨架的竹篾不够了，就拆掉波波匿用来抓鬼的笼子，再一弯一折，拿纸糊了，又多出几只兔仔。那几只被突然释放出来的鬼魂，带着有些意外的神情，嗡嗡地说了好一阵，赖在原地不走。过了一会儿，他们像狗一样扬着鼻子在空气里嗅着，最后一个接一个地钻进了兔子灯里，爬到装着茶油泡过的白米的小盏子上，把身体浸在米粒间，昏昏沉沉地睡了过去。

这是一些无家可归的鬼。没有了装他们的竹篾笼子，他们就自己钻到了竹篾做的兔子里。

我和离阿奴一边扎着灯，一边等“过灯”的队伍。他们会从东边的建春门出发，一路都会有人加入进去，队伍走到我们延年里的时候，就能是几百号人了。

我拿手拧着兔婆的耳朵，扯来扯去。等了半天，“过灯”的队伍还没到。

后来我竟等得在雪地里睡着了。

我在睡梦里听到离阿奴说“来了来了！”，然后看到两盏扇面灯打头，一条长长的灯龙进了延年里。沿路不断有人擎着荷花灯、芙蓉灯、狗灯、猫灯加入进去。等队伍出了延年里经过长秋寺时，和尚们也点着灯加入进来。最后，有上千人都参加了“过灯”。人们似乎习惯于明媚的灯火，而不是长久的黑暗。人们也似乎忘记了洛阳正在陷落这回事，纵情享乐着。经过永宁寺的时候，三个比丘尼的歌声变成了一阵大风，把“过灯”的队伍吹散了。我手里的兔子灯晃了几晃，装着米和灯芯草的盏子倒了，噗啦一下，米都撒到了我身上。火苗像温暖的豆子，在我的头上、脖子里、手背上、裤腿上滚落。我变成了一根燃烧的灯芯草，灼热难耐的滋味从头到脚蔓延开……

我突然惊醒了。

院子里静静的，一片白皑皑的雪上，端坐着一圈红睛的白兔。

白兔的肚里点着灯，先前还在睡觉的那几只鬼被灯芯草烧到，噼噼噗噗地跟着燃了起来。他们只惨叫了不多一会儿，就都烧成了一缕青黑色的烟。

我突然觉得难受，坐在雪地里哭了起来，呕出许多东西。

离阿奴从院子外面跑回来，他对我说：今天城里漆黑一片，没有人扎灯。

“谁让你点这些灯了？”我气鼓鼓地说。

他看着我，没有说话。

“都熄了！”我爬起来，拿脚去踹那些灯。

离阿奴默默地跟着拿脚去踹灯。

等所有的兔子灯都暗下去，变成跟雪地一样的颜色，我开始把它们一个个都翻过来，朝里面喊：波波匿！波波匿！

离阿奴没有再帮我。

他站在雪地里，脸上带着疑惑的表情，一动不动地看着我。

在发现朱枝和波波匿就是同一个人的那天夜晚，我把波波匿装进了她亲手做的一只竹篾笼子里。

原来“抓鬼婆婆”就是鬼；而她穷尽一生要抓的鬼，就是她自己。

波波匿和迦毕试究竟有怎样的恩怨，我想这个故事一定与波波匿口中那个朱枝与迦毕试的故事大不相同。

可是不管他们之间有什么样的故事，我都不能把朱枝交给迦毕试。

波波匿和离阿奴是这昏暗无光的洛阳城里我仅有的亲人。如果把朱枝交给迦毕试，我就要失去波波匿；而当阳光照进洛阳，我也将失去离阿奴。唯一的办法就是把朱枝囚禁起来，永远不让迦毕试找到她。

离阿奴不知道，朱枝就关在一只兔子灯里。

米是鬼魂的禁符，她只能伏在那盏浸了茶油的米上。那些灯芯草，不能点。

等我在一只兔子灯里找到波波匿时，她已经被熏成了黑乎乎的一团。我提起灯，走到院中的水缸边，把灯整个儿按进去。再拎上来时，波波匿已经被涤过，变成了朱枝的样子。身上的黑灰掉干净之后，露出她深红色的裙子，像一尾被捞起来的金鱼。

“波波匿！”我叫她。

她睁开眼睛，诡秘地微笑了一下。

“禅师，你为什么不肯放了我呢？”

“因为我不能把朱枝交给迦毕试！”

“洛阳的秘密，并不是我和迦毕试之间的秘密，”她缓缓地说，“洛阳早就已经停止迁徙了。”

“不可能，”我说，“我听得到迦毕试的心在防风氏的胸腔里跳着；我的眼睛里总是无尽的黑暗。如果洛阳早就已经不动了，太阳会照进这里的。”

“你听到迦毕试的心在防风氏的胸腔里跳着，那没错。只是你听到的另一个心跳声……并不是你自己的。”

“那是谁的？”

“是别人的。禅师，你在大业四年的时候就死了。”

“不可能！你撒谎！”

“禅师，洛阳城只是你的一场梦。只是你有的梦长，有的梦短。短的，像元宵的梦，十四年前的洛阳燃了起来，或是今年‘过灯’节上灯笼燃了起来，并没有什么不同；长的，像迦毕试的梦，一直要在黑魆魆的影子里遇到另一个人，却总是遇不到。”

“洛阳的迁徙也是梦吗？”

“是的。这是你最长的一场梦。”

“你又在编故事了。我是鬼，你们是什么？”

“你梦里的洛阳城就是一个鬼城。禅师，你想想，为什么会这样？洛阳为什么总是黑夜，洛阳的鬼魂为什么总也抓不完？因为你在这里遇到的所有‘人’，都是鬼。所有你以为是鬼魂的，其实都是人。南阳公主和宇文士及都还活着，他们并没有变成鬼。而我既不是人也不是鬼，我是迦毕试左臂上的那只朱红色的鸟儿。”

“你编出这样的话，为的就是让我放了你。你骗不了我！”

“禅师，有一个人不在你的梦里。他可以证明我的话。”

“谁？”

“云休方丈。”

云休方丈有一张白净年轻的脸，一双素净柔弱的手。单看这些，是断不会料到他和我有多么复杂的因果的。

然而我对波波匿的话将信将疑，终于还是带着那盏兔子灯去了长秋寺。

僧人们正在佛堂里唱着《伽蓝赞》。我走过种着桂树、朱槿、香茅、优昙花和暴马丁香的五味园，再又去园子里一一查看了地瓜、芝麻、莲藕和石香菜。我还使劲掐了一把石香菜的茎，里面立刻流出明绿色的汁液来。这怎么可能是梦呢？有这样细致入微、活灵活现的梦吗？

甚至经过那六牙白象的时候，我都特别仔细地抚摸了它。它冰凉、坚硬，不像是可以梦出来的。

进了云休方丈的禅房，他像所有比他年纪大出许多的得道高僧一样，早就知道了我的到来。

他平生第一次用和蔼的眼光端详着我，然后半是自言自语地开口道：

“禅师，这是你的执念，还是我的呢？”

然后，从云休方丈的口中，我了解到了一段波澜不惊的传奇——听起来如同发生在陌生人身上，却又的的确确与我有关。

隋朝的长公主南阳与西域来的胡商迦毕试相爱了。大业四年，长公主下嫁宇文士及，同年生下一名女婴。女婴出生的时候，脖子上缠着脐带，连哭都没有哭一声就离世了。宇文士及怕公主伤心，也怕得罪了皇帝，连夜从民间抱来一名男婴。当夜负责接生的产婆和宫女后来在一场宫廷瘟疫中全部死去。

那个女婴，其实就是公主和迦毕试的孩子。她并不是难产死的，而是被人下了咒术。下咒术的，正是迦毕试左臂上文的那只鸟儿。原来那只鸟儿可以化作人形，是一个黑发白肤的女子，自唤朱枝。朱枝也爱上了迦毕试。可是她那颗鸟儿的心脏是如此之小，而嫉妒又是如此之大。朱枝咒死女婴之后，陷入了死婴的梦里。在梦里，洛阳变成一座黑暗的城市，总是无法被阳光照射。而朱枝也成了一个白发黑肤的老妇，叫作波波匿。在这个婴孩的梦里，所有的因果报业竟然得到了精确的安排。波波匿背负着一个生生世世的难题，那就是她必须抓到朱枝。

我大气也不敢出地听完了云休方丈的话。

这才发现自己已经把手里的兔子灯揉成了一团纸。我低头看着这团雪白的纸，想起兔子灯都是中间一个大的兔婆，两边各有一只小兔仔的。云休方丈说的都是真的吗？为什么听起来那么离奇？原来我不愿放手的亲人，并非亲人；而我一直视而不见的人，却又是生我的人。

这都是真的吗？

如果是真的，那我十四年来的生活，波波匿教给我的一切，都是谎言了？

我举起食指，鼓足勇气戳进自己的眼睛。

再拿出来看时，食指上果然沾着墨汁。

我真的，只是一个死去了十四年的鬼吗？

白骨拉动的洛阳城，真的只是一个离奇而冰凉的梦吗？

赶在陷落之前，南阳公主遇见了宇文士及，朱枝变成的波波匿遇见了迦毕试，离阿奴遇见了我。而我已经死了……

每个人，都找到属于自己的真相了吗？

夜凉如水。石香菜的气味又幽幽地散开来，好像很多年前的那一天。

朱枝从揉成一团的兔子灯里飞了起来，好似一枚赤红的弹珠。她在空中长出了翅膀和鸾尾，在禅房中盘旋了数圈之后，飞入云休方丈的左臂。我吃惊地发现他的左臂上竟然文着不空成就佛和他的坐骑迦楼罗，跟迦毕试左臂上的一模一样。

而云休方丈敞开的僧袍里，露出一条蜈蚣一样黑色的疤痕。

在这个非凡的夜晚，世界碎裂成了千万块呈现于我面前。夜色中迁徙不止的洛阳城，到底是因为朱枝太爱迦毕试，还是迦毕试太爱南阳公主？是他们刻骨的爱驱动了防风氏的白骨，抑或一切真的只是我的一场长梦？还是如同朱枝到了我梦里就变成了波波匿，云休方丈到了我梦里就变成了迦毕试。而到底是谁挖出了自己的心脏去驱动防风氏的白骨，云休方丈还是迦毕试？

如果是迦毕试，那就如同波波匿和云休方丈告诉我的，这一切只是我的一个梦。

而如果是云休方丈，那么迦毕试就完全是一个幻影。而云休方丈在遁入佛门之前，需要多么刻骨的爱，才会掏出自己血淋淋的心脏？又该有多大的执念，才会去驱动白骨拉走洛阳城呢？如果洛阳城是真的在迁徙中住进了我们这么多鬼魂，那么当云休方丈放下他的执念的时候，阳光就会照进这里，那时对于鬼魂们来说，才是洛阳真正的陷落。

这个世界的真相如此之多，谁又真的知道呢。

去他的时间尽头

1

第133天

孤独是一种病。

这座城市，一共住着两千一百七十万人。

我对面这位芬兰国际友人，不远万里来到咱们这儿，过了几天朝九晚五挤地铁上下班的生活之后，这哥们儿祖传的社交恐惧症不药而愈。

在芬兰，平均一平方公里只有十八个人；但是在北京早高峰的地铁上，一节车厢塞十八个人那算宽敞的。

“李正泰！李正泰！”

此时此刻人满为患的宜家商场，扩音器里有个声音好听的姑娘深情款款地喊了一遍又一遍。

与此同时，一只说不上来什么颜色的蝴蝶，在迷宫般的商场里翩然飞舞，跃过攒动的人头，绕过高耸的货架，落在一面儿铮亮的玻璃窗上。它收起布满细小鳞片的翅膀，感受着室内流动的空气和轻击在玻璃另一面的雨滴。不知道它能不能理解，它所感受到的风和灰蒙蒙的光亮，来自被面前这个透明的玩意儿阻隔着的两个世界。

对面的芬兰哥们儿在一张爱克托沙发上翻了个身。刚来咱们这儿那会儿，各种场合下乌泱乌泱的人给丫吓得不轻。他说有生之年都没承想，一北欧性冷淡家居商场能躁成这样。到了周末，冲着免费咖啡来的老头儿老太太日出而作，日落而归——整个餐厅的顾客年龄总和绝对艳压朝阳公园的老年相亲角。

芬兰哥们儿来这儿，是进行社交恐惧症的脱敏治疗。用他的话说，在衣柜间，在沙发间，在厨房样板间——跟陌生人摩肩接踵，“既恐怖，又色情”。

这些都是他亲口跟我说的。只不过现在，他还不认识我。

嗯，看样子他治疗得不错。

“李正泰！李正泰！李正泰顾客请注意！”

至于我嘛，上这儿来也是为了治疗。

“您的朋友在商场二楼出口处等您！”

当一个人孤独太久，像我这样走进宜家，告诉这里的工作人员我和我的朋友李正泰走失了，我会在出口等他——不出意外的话，就会有一个声音好听或者不好听的男人或者女人，在广播里大声地呼唤这个名字。

其实没谁会到出口跟我会合。

孤独是一种病，我只是想听到别人以我的名字呼唤我。

我是李正泰。

2

王毛毛站在一根电线杆前，往上刷胶水。

背包里放着一沓纸，刷好后她从里头抽出一张来，贴在了电线杆上。

一张狗的大头照，还有几行黑体字。

寻狗启事

联系电话

必有重谢

永久有效

王毛毛一边贴寻狗启事，一边想：电线杆真不愧是城市的“会客厅”，什么消息都能往上招呼，如果哪天互联网瘫痪了，只要电线杆还屹立不倒，信息就能烽火连台。

一根电线杆，上下两段，物尽其用。

下半段，是犬科动物的朋友圈。如果你是条新来的狗，只要找对电线杆，就能拜对山头。这一片有几条同类，是男是女，是老是少，漂亮吗，单身吗，豆腐脑爱吃甜的还是咸的……统统都能闻出来。

上半段，是灵长类动物的朋友圈。尖锐湿疣，难言之隐，请拨1；富豪老公无法勃起，白富美重金求子，请拨2；三分钟开锁王，请拨3；专业防水，请拨4；投资移民，请拨5。

一般来说，混迹在下半段的，基本是有一说一；混迹在上半段的，多数是骗子。

要说电线杆教会了她什么，那就是——人类还没有一条狗可信。

可是跟王毛毛相依为命的狗走丢了。

王毛毛皱着眉头，盯着电线杆上的“寻狗启事”，祈祷着这能管用。照片上的那只狗，脖子上挂着一块奖章似的名牌：Leon。

《这个杀手不太冷》里杀手的名字。

3

初始坐标

时间根本就不存在。

著名表演艺术家郭德纲老师说过，最适合一个人关起门来发呆的职业，是灯塔管理员。受这句话启发，我在“宇宙中心”五道口的一家公司当了两年金融狗之后，炒了老板鱿鱼，现在从事着一项似乎是为我量身打造的职业。

电影放映员。

坐在放映室里，我才真正感觉到这里是宇宙的中心。

黑暗中，尘埃乘着光线飞驰，光影投射在幕布上，像灯塔的光束照进汪洋。

咳，算了，说实话吧，我炒老板鱿鱼是因为上班太远了。这家电影院就在我家楼下，每天从起床到上班，只消十分钟。

当同龄人都过着两点一线的生活时，我已经过上了毫无运动痕迹的生活——至少对于GPS定位卫星来说，我的生活轨迹几乎是静止不动的一个点。

我讨厌出门，不喜欢一切交通工具，最近一年来的计步数加起来可能还走不到通州。

虽然收入只有之前的四分之一，但我喜欢现在这样简单的生活。简单就是井井有条。金融狗每天都和各种数据打交道，看起来客观严谨，但要处理的情况却瞬息万变。而电影放映员就不同了。这是一个特别有计划性的职业，每一个厅，不同时间段，排什么片儿，都提前计划好了。工作起来不用思考，只用按计划表执行。这样我可以省下大量的时间，用来坐在放映室里发呆。

放映室里有一面石英钟，它的时针、分针和秒针在尖儿上都有一滴夜光。秒针一格一格走动，就好像一只萤火虫沿着时间的轨迹一圈一圈爬过。

现在是早晨五点三十七分。

坐在10排1座，身上穿的汗衫印一“靠”字儿那男的，是我发小陈果；旁边那个身上穿的汗衫印一“谱”字儿的，是他交往了三年的女朋友。陈果开了一家叫“奶奶的熊”的网咖，小本经营，童叟无欺。他这人吧，没什么别的毛病，就是抠门。陈果今天打算干一件大事，本来打算就在网咖对付过去了，后来还是决定下血本包个影厅。

电影结束，灯光亮起之后，陈果会向他女朋友求婚。

可是还没等到这一刻，一个意外出现了。不知道为什么，1号厅数字放映机的氙灯炸了。灯碗被炸成了无数四下飞溅的碎片。幕布上的画面消失了，只剩下放映机散热风扇转动的嗒嗒声。漆黑一片中，“应急出口”几个字闪着幽幽的绿光。

“媳妇儿，跟你商量个事儿成吗？”陈果在黑暗中搂住女朋友，急中生智地问出这句话。

我连忙按下开关，影厅灯光亮起。

趁女朋友还没来得及回答，陈果以迅雷不及掩耳盗铃之势从座位底下摸出早已准备好的玫瑰和钻戒：“遇到你之前，我活得就像一句脏话。可是遇到你之后，我有谱儿了！”

陈果女朋友眼里噙满泪水，在陈果热切而又焦急的注视下，嘴唇颤动着，两行晶莹的泪珠滚落脸颊，梨花带雨地握着他的手说：“一直想和你开口，却不知道怎么开口。陈果，我们不合适。我……我们分手吧。我要去日本了。”

就这样，陈果出师未捷身先死。

我和陈果都认为，他求婚失败，氙灯爆炸要负很大责任。但是佳人去意已决，我只能劝他节哀顺变。

被氙灯爆炸连累的不止陈果，还有我。本来我当班到早晨六点就能下班，还有几分钟就站完这班岗了，它却晚节不保地炸了。事发时离1号厅最近的张姐，第一时间就提着撮箕拿着扫把冲进了放映室，她一边扫着地上的玻璃碎片，一边和我絮叨：

“小李啊，你没事儿吧？”

我拍了拍脸、胳膊、大腿，应该没有被碎片扎到。

“你若安好，便是晴天。”张姐走到我身边，看看我，又看看损坏的放映机，“你若不安好，我这就去报告给杜经理。”

我一路麻溜地来到保管室，找王工领新的氙灯。他看看坏掉的灯头说：“1号厅放映机上的灯用不少时间了吧？你记着，氙灯用个三四百小时，最好翻一面儿，这样可以延长使用寿命。不然负极下垂，变秃瓢了就容易炸。”

我回到放映室，拿出标签条，在上面写下：

2018年8月8日

贴在氙灯下方的塑料机身上，盖住了原来那张“2018年7月2日”的旧标签。

爱因斯坦曾说，时间只是人体记忆中的错觉，时间根本就不存在。但是如果时间根本就不存在，是什么给氙灯、树木、星辰和人——是什么给万物暗中标注好了“使用寿命”？

4

第*1*天

这感觉真他妈诡异。

放映室里有一面石英钟，它的时针、分针和秒针在尖儿上都有一滴夜光。秒针一格一格走动，就好像一只萤火虫沿着时间的轨迹一圈一圈爬过。

时针和分针指向五点三十七分。

我站起来。透过放映室的观察孔，我能看到10排座椅靠背上冒出来的两个脑袋。

后脖子传来一阵凉意。

摸出手机，显示时间是2018年8月8日。

我匆匆走出放映室，在走道里碰上张姐，问她今天是几号。

“8号啊。”张姐说，“小李啊，你没事儿吧？”

我摆摆手，转身跑进1号厅，随着电影画面明暗交替的变化，渐渐看清黑暗的观众席上坐着的正是陈果和他女朋友。

回到放映室，我检查了一下数字放映机的机身，不禁汗毛倒竖——在本来该贴着“2018年8月8日”那张新标签的地方，却是以前那张“2018年7月2日”的旧标签。

这感觉真他妈诡异。

如果是这样的话，那么再过几分钟，数字放映机上的氙灯就要爆炸了。

我低头看看石英钟。

石英钟上的秒针嘀嗒、嘀嗒、嘀嗒……

噗的一声，氙灯炸了。

5

第2天

如果你发现自己陷入无限循环的一天了，

会怎么办?

我睁开眼，等到适应了周遭黑暗的光线，发现自己是在放映室里。

看看时间，早晨五点三十七分。

我站起来。透过放映室的观察孔，我能看到10排座椅靠背上冒出来的两个脑袋。

摸出手机，显示时间是2018年8月8日。

检查了一下数字放映机的机身，不出所料，在本来该贴着“2018年8月8日”那张新标签的地方，依旧是以前那张“2018年7月2日”的旧标签。

我跑出放映室，撞上张姐，她说：“小李啊，你没事儿吧？”

我一路小跑着去找保管室的王工领新的氙灯。他从抽屉里摸出来一个记录本，拿骨节粗大的手指点了点：“小李，咱们有规定，领新灯要上交旧灯头。”

我说：“旧的还在放映机上用着呢。”

王工问：“那你来干啥？”

我答：“这不马上就炸了。”

他拿手背朝我扇了扇：“那等到坏了你再来嘛。”

我说：“王工，1号厅放映机上的灯用不少时间了吧？一直没翻面儿，负极下垂，变秃瓢了就容易炸。这新的我一定好好爱惜，一个月翻一次面儿。”

他怔了怔，抬起头，压低鼻梁上的眼镜，两只眼珠子朝上翻着看看我，然后默默地转身从靠墙的柜子里取出一只新的氙灯递过来。

我回到放映室，四下漆黑一片。旧的那只氙灯刚刚已经炸了，我赶紧把手上这只新的换上去。

好在这个小小的插曲没有影响到陈果。早晨六点，放映结束，灯光亮起，他双膝跪地，含情脉脉地对女朋友说：“媳妇儿，跟你商量个事儿成吗？”

趁女朋友还没来得及回答，陈果以迅雷不及掩耳盗铃之势从座位底下摸出早已准备好的玫瑰和钻戒：“遇到你之前，我活得就像一句脏话。可是遇到你之后，我有谱儿了！”

陈果女朋友眼里噙满泪水，在陈果热切而又焦急的注视下，嘴唇颤动着，两行晶莹的泪珠滚落脸颊，梨花带雨地握着他的手说：“一直想和你开口，却不知道怎么开口。陈果，我们不合适。我……我们分手吧。我要去日本了。”

陈果的求婚“又”失败了。

人和人之间的缘分，还真不是情侣衫就能绑定的。看来导致陈果被甩的锅，氙灯不能背。就算“钱是王八蛋”，可是这年头凭一朵花和一句誓言就能打动的女孩子，比三条腿的蛤蟆、不开静音的手机、每天都换内裤的直男还难找了。

二十分钟后，陈果在街边的卤煮火烧摊子上哭得像个一百二十四公斤的孩子——我没有失过恋，很难体会他这样号啕大哭的心理成因。说实话，我连朋友都没几个。除了陈果之外，只有布拉德·皮特和阿尔·帕西诺是我的朋友。它们是被楼里住户丢掉的一只仓鼠和一只乌龟。

把他送回“奶奶的熊”之后，陈果央求我留下来陪他打会儿游戏。

我们玩的是FIFA，他每次总输，牌臭瘾大。

正玩着，我问他：“如果你发现自己陷入无限循环的一天了，会怎么办？”

陈果疯狂地按着游戏手柄，目不转睛地看着屏幕说：“嘛叫无限循环？”

我说：“就比如今天吧，你过完今天，醒过来发现又是今天。”

其实，准确地说，并不是“无限循环的一天”。通过“昨天”的经历，我发现自己是从8月8日的晚上七点三十七，突然蹦回早上五点三十七的。

陈果说：“操！那我不得再被甩一次？”

接着他又开动脑筋想了想说：“那是不是可以每天都这样打游戏？”

我说："对啊。"

他扭头看了我一眼："要是明天可以全部重新来过，那是不是今天做什么都不用负责？"

我说："差不多就这意思吧。除了你自己的大脑，别的就像游戏副本可以重读进度，你生活里的人不会记得时间循环时发生的事。但是你自己的记忆是累积的，'昨天'发生的事情你都记得。"

陈果笑了："操，那不等于有超能力了。"

好吧，他终于搞清楚我的问题了。

陈果盯着屏幕，舔了舔嘴："你说如果我这样了……是先去逛澡堂，还是先去抢银行？"

一位伟人曾说，每一个阳光灿烂的少年都会变成油腻中年，当他变了，你不要惊慌，不要悲伤。另一位伟人曾说，出身不由己，而朋友可以自己选择，倘若选了个陈果这样的，跪着也要把这段友情走完。

是这道理吧？

6

第3/4/5/6/7……天

七点三十七分，世界倾斜了。

我的一天基本是这样度过的：

早晨五点三十七分睁眼，发现自己置身放映室。透过观察孔，我能看到10排座椅靠背上冒出来的两个脑袋——陈果和他女朋友。替换氙灯。早晨六点，结束放映，亮灯，目睹陈果求婚失败全过程。陪他喝酒，看他宿醉，扭送他步行至“奶奶的熊”，陪失恋的他打两把FIFA。

接下来，我回家，想在煎饼果子摊上买两个饼当早餐，结果遇上一场鸡飞狗跳，未遂；走回公寓楼下打算搭电梯，结果碰上一群大爷大妈外加一对双胞胎姐妹把电梯挤得水泄不通，我不习惯和陌生人挤在一起，让他们先上吧，电梯居然半路故障不下来了；爬楼梯到十二楼，开门进屋准备蒙头就睡，隔壁突然传来如泣如诉的狗叫，敲门让邻居管管，邻居正抡着皮带揍狗。

回到家，洗个澡，在120救护车的呼啸声和狗叫的伴奏中昏睡过去。中间被手机铃声吵醒一次，我妈打来的，从昨晚到今天一共十四个未接来电。昨天是我上晚班，所以手机设置了十二小时静音。电影院的晚班都是从下午六点上到早上六点。接到老妈的第十五个来电，彻底醒了。窗外天已经擦黑了，挂了电话，拿手机点了外卖。

七点三十五分，下楼拿外卖。走出大厦，仿佛进入另一个世界，北京城淹没在幕天席地的大雨之中。我站在马路牙子上等外卖的时候，一辆面包车悄然拐进了辅道。

七点三十七分，世界倾斜了。视线中的街道、行人、广告牌从竖直顺时针转了九十度，统统倒地不起。对于一个死宅来说，这一刻的景象竟然有一种奇异的美感：视野里的一切变得格外清晰——但又因为这场大雨，而格外模糊。

世界与我之间隔着眼皮这层幕布。幕布徐徐拉上。

我去，什么东西碾我身上了。

2018年8月8日，这句话成了我的最后一个念头。

你看，我讨厌交通工具是有原因的。

我被面包车撞倒，死了。

然后我就在一片黑暗中醒来。

幕布缓缓拉开。

我感觉自己就像漂浮在虚无之海中的一个魂灵。这是哪里？天堂？地狱？森罗殿？奈何桥？我拿手狠狠掐了一把自己的脸——指尖传来的感觉软硬适中，脸上传来的感觉火辣辣的还挺疼——我……没有变成鬼？

等眼睛渐渐适应这片黑暗，我发现自己一个人坐在放映室里。

放映室里有一面石英钟，它的时针、分针和秒针在尖儿上都有一滴夜光。秒针一格一格走动，就好像一只萤火虫沿着时间的轨迹一圈一圈爬过。

现在是早晨五点三十七分。

我站起来。透过放映室的观察孔，我能看到10排座椅靠背上冒出来的两个脑袋。

我又回到了十四小时前，2018年8月8日的早上。

替换氙灯。早晨六点，结束放映，亮灯，目睹陈果求婚失败全过程。陪他喝酒，看他宿醉，扭送他步行至“奶奶的熊”，陪失恋的他打两把FIFA。接下来，我回家，想在煎饼果子摊上买两个饼当早餐，结果遇上一场鸡飞狗跳，未遂；走回公寓楼下打算搭电梯，结果碰上一群大爷大妈外加一对双胞胎姐妹把电梯挤得水泄不通，我不习惯和陌生人挤在一起，让他们先上吧，电梯居然半路故障不下来了；爬楼梯到十二楼，开门进屋准备蒙头就睡，隔壁突然传来如泣如诉的狗叫，敲门让邻居管管，邻居正抡着皮带揍狗。回到家，洗个澡，在120救护车的呼啸声和狗叫的伴奏中昏睡过去。中间被手机铃声吵醒一次，我妈打来的，从昨晚到今天一共十四个未接来电。昨天是我上晚班，所以手机设置了十二小时静音。电影院的晚班都是从下午六点上到早上六点。接到老妈的第十五个来电，彻底醒了。窗外天已经擦黑了，挂了电话，拿手机点了外卖。七点三十五分，下楼拿外卖。走出大厦，仿佛进入另一个世界，北京城淹没在幕天席地的大雨之中。我站在马路牙子上等外卖的时候，一辆面包车悄然拐进了辅道。

七点三十七分……

嗯，相信你已经知道接下来会发生什么了。

7

第*8/9……29/30*天

我成了时间尽头的囚徒。

我的生活轨迹不仅从空间上变成了一个几乎静止不动的点，从时间上来说也是如此。

简单、重复，无须思考。

一个完美的闭合圆弧。

这简直是全世界死宅都梦寐以求的生活。

打个比方：这就像活在一段反复播放的时长十四小时的影片当中，你对人生中的过去、现在、未来，你对人生中的每分每秒都了然于胸。

在这无限循环的时间里，我醉生梦死，甘之如饴。

甚至有些害怕这样的日子会在某一天毫无预兆地就结束了。

但渐渐地，事情开始朝着我始料未及的方向发展。

我开始担心这样的日子会永不结束。

傻子都能看出来，我的世界出了问题。也许宇宙是有自我意识的，而且它极有可能想与这个世界上的一切死宅为敌。比如为了惩罚我，它让我过上了之前梦寐以求的生活——足不出户，每天混吃等死，不用关心粮食、蔬菜、季节、刮风还是下雨，不用关心任何人。可是慢慢地，我就厌倦了这样的生活，混吃等死的快乐变成了生不如死的煎熬。

我居然萌生出了以前从来没有过的想法——我想要试着跳出这样的轨迹，推开命运馈赠的奇妙礼物，做些改变。

我试过不点外卖，而是在家煮泡面。可是我依旧活不过七点三十七分，多一秒都不行。

我试过在我住的这栋大楼里做点别的事。比如趁着倒班休假，坐到观众席里看电影——没有什么比看至尊宝以手指天喊着“般若波罗蜜”，在一束白光中穿越回从前更应景的了。

但在晚上七点三十七分到来的那一刻，坐在观众席上的我会突然丧失意识。等到再次睁眼时，就会是十四小时前，在电影放映室里醒来的早晨五点三十七分。

众目睽睽之下我是怎么消失的呢？我不知道。

我只知道在日复一日的重新读档中，我罹患了一种叫作“孤独”的绝症。如果世界是一条火腿，而我们所拥有的每一天，都是由一只神奇的手用刀切出的薄薄一片的话——我已经把这一片咀嚼到快吐了。

当然，它连完整的一片都不算，它只有十四小时。

这样胡思乱想的直接后果就是，我把陈果当成了救命的稻草，也许结束这种日子的突破口在他这里？

我试过给陈果放别的电影。可他的求婚依旧以惨败告终。

我试过带他去逛手办店。“这个，这个，那个，还有那个……”我在手办店里指点江山的时候，陈果的脸颊像少女一样绯红，“都不要。剩下的全部打包，刷我的卡。”这下他的脸已经红得像山魈了。然而一到晚上七点三十七分，这些手办就会像灰姑娘的马车和玻璃鞋一样统统消失，世界会重启，一切会归零。他拥有过，却不再记得。

我还试过带他去见证各种奇迹的时刻。比如带他去和睦家的产房外面，精准地提前三十秒报出每一个产妇的姓名、年龄，生男还是生女。我轻轻松松展示出的“神迹”会让陈果忘记失恋的伤痛——因为他的脑容量没法同时容纳下“我×牛逼”的震惊和“我失恋了”的悲伤这两种情感。我们一次次重复着这样的游戏，每一次陈果都惊讶得合不拢嘴，而我却渐渐百无聊赖、心如死灰。

命运馈赠的蜜糖，怎么就变成了砒霜？

在这样循环往复了一天又一天之后，2018年的8月8日变成了一座孤岛。一个无形的牢笼。我像一只蚂蚁，困在这一片火腿之中，沿着它的横切面一圈又一圈爬行，起点即是终点，终点即是起点。

我成了时间尽头的囚徒。

8

王毛毛把摩托车停在梧桐树投下的树荫里，跨坐在熄火的车上，看了看眼前的店招。

奶奶的熊。

没错，就是这里了。她嚼了嚼嘴里的口香糖，吐出一个泡泡，下了车，跳上路沿，推开玻璃门，走了进去。

这是一间网咖，她拿手指压了压鼻梁上的镜架——那是一副风格复古的墨镜，圆形镜片和脖子上的choker、机车外套、短裤、马丁靴相得益彰——王毛毛四下打量，网咖里上座率大概有两成，基本上都是年龄介于十五到二十五、有着不同程度黑眼圈的男性。

柜台后面坐着老板，一个穿汗衫的胖子。老板脚下是一地的空酒瓶，他垂着头，打着瞌睡，散发出一股酒味，像个搁在椅子上的装满了发酵物的麻袋。柜台上贴着一张A4纸，白纸黑字写着“老板娘跑了，包月八折特惠”。

王毛毛正要往里走，一个男人慌忙从座位上站了起来，快速走到她身边。

“V？”王毛毛问。

男人点点头，掏出手机，屏幕上是《V字仇杀队》里那张著名的面具脸。

验明正身后，男人示意王毛毛到网咖外面去说话。俩人来到店外，王毛毛问："狗呢？"

男人说："我带你去。"

"先看看照片。"

男人挠了挠脑勺，举起手机，给她看了几张照片。

"是你的狗吧？"

王毛毛点点头。

男人说："加个微信，酬金先付一半。"

王毛毛从屁股兜里掏出几张百元钞票，递给男人。男人接过来，一张张点了点，揣好钱，说："走吧。你开车了吗？"

王毛毛走向树荫下的摩托车。等她把车推上大路，踩下油门，男人一下坐到了后座上："我来指路。"王毛毛翻了个白眼，发动了摩托车。

男人带她进了一栋公寓楼。密密麻麻的格子间宛若蜂巢，通廊式的走道昏暗无光。男人掏出钥匙，打开一扇门，示意王毛毛进去。

"狗呢？"王毛毛朝里瞟了一眼，没有动。

"你先进去等着。"男人说着，把她往里搡。

王毛毛抬起手肘抵在男人胸口。

男人突然顺势搂住她的背，喘息着说："你让哥爽一下，就当是另一半酬金。"

王毛毛二话不说，一脚猛踢在男人裆部。

医院急诊科，一男一女两名民警翻着病历，对视了一眼，又看了看坐在板凳上的王毛毛。

“阴囊红肿，左侧睾丸破裂……”男民警念了两句诊断结果，又看了看王毛毛，“姑娘，你下脚也太狠了点吧？”

王毛毛没吭声。

男民警递过来几张百元纸钞：“这是他退还给你的钱。一码归一码，等会儿去收费处把急诊费结一下。里头那哥们儿可挨了八针。”

王毛毛接过钱，塞进外套口袋。

“本来是他报的警，但刚刚又说同意私了。”女民警说，“你的狗也不在他那儿。他是看到了你的寻狗启事，然后从一个网友那儿看到几张相似的狗的照片，所以想……”

女民警把“骗财骗色”几个字省略了。

“那照片上的就是我的狗。”王毛毛头也不抬地说。

“他主动交代了，发布照片的人住在东四十条那边的一个电梯公寓，和平电影院楼上。”男民警说，“好了，你注意安全。”

两名民警离开了。

王毛毛打开手机地图，在搜索栏输入了“和平电影院”五个字。

9

第61天

“时间不重要，生命才重要。”

吕克·贝松。《第五元素》。

我一个人坐在观众席上，看着长得跟两条腿儿直立行走的穿山甲似的蒙多沃旺人出现在1914年的埃及神庙，朝人类神父递出一把金色钥匙。这外星哥们儿在被石门碾成碎片之前，说出了那句载入影史、富有哲理的对白：“时间不重要，生命才重要。”

我终于决定不再坐以待毙。

我试着掌控命运，做一些疯狂的小事。

在煎饼果子摊前，我伸脚绊倒了那个身后追着无数大喊“抓小偷”的热心群众的坏蛋——此人拼命反抗，争执中我还不小心扯坏了他外套拉链，他胸口的三颗红痣若隐若现——结果事情的发展急转直下：原来他是个外卖小哥，刚刚把电瓶车停在建行楼下，有人上来就把车给骑跑了。出于歉意，我和小哥互换了外套。

回到公寓楼下，在电梯门即将关上的那一刻，我伸手阻止坐上将要出事的电梯的大爷大妈和那对双胞胎姐妹，告诉他们电梯升上去之后会坏在半空打不开。结果不仅没人相信我的话，还被大爷大妈们臭骂一顿，说我是想加塞儿的外卖小哥。

一口气爬楼梯到十二楼，我鼓起勇气敲开隔壁邻居的门，告诉他欺负小动物是不对的，吵到邻居和小朋友也是不好的。结果这邻居是个暴脾气的练家子，他毫不犹豫地用《搏击俱乐部》里拳拳到肉的打法把我揍得头破血流。

这都是时间循环惹出来的。

如果不被困在不停重复的十四小时里，我和他们不会有任何交集。

10

第*89*天

时间循环不是一般的诅咒，而是能赋予人超能力的囚笼——就好比金字塔是死气沉沉的坟墓还是令人惊叹的奇迹，全取决于你怎么看待它。

吕克·贝松。《超体》。

洪荒中以光速穿梭的露西从此消失，只留下那句“我们十亿年前被赋予生命，现在你知道要如何对待此生”。

影片结束，灯光亮起。字幕裹挟着一个个人名，如流水从幕布上逆流而上。张姐已经操着家伙进来了，她瞅见我便问："小李，你咋在这儿？你那朋友不是隔壁1号厅求婚来着吗？"

我问："求成了吗？"

张姐扭头就走："嗨，成什么啊，没成。他俩各走各的了。你这儿也挺干净的，我去别地儿看看去。"

陈果求婚这事算是扶不起来了。按照朋友之间的吸引力法则，我应该祝贺陈果喜提空巢青年身份，光荣地成为一条单身狗。

但别的事儿，琢磨琢磨，还是能有改进的。

俗话说，一回生，二回熟。

一边走路一边打电话给电梯维修公司，挂上电话，刚好走到建行楼下的煎饼果子摊前，我先发制人，拦下毛贼，还用《黑客帝国》里"子弹时间"的身姿躲过了他扔过来的花生米和生鸡蛋，为外卖小哥找回了电瓶车，在他问我"兄台怎么称呼"时微微一笑："就叫我——煎——饼——侠吧。"然后我离去，留下一个深藏功与名的背影。

一路飞奔回公寓楼下，克服了心中对《闪灵》"电梯血潮"这可怕的一幕的恐惧，我在电梯门即将关上的那一刻，伸手阻止了即将坐上要出事电梯的大爷大妈和那对双胞胎姐妹。这时电梯公司维修员恰好赶到，一番检查，果然发现了问题。然后我离去，留下一个深藏功与名的背影。

一口气爬楼梯到十二楼，径直敲开隔壁邻居的门，夺下他手里用来打狗的皮带，对他说出张学友在《旺角卡门》里的那句：“食屎啦你！”当然他会马上试图用《搏击俱乐部》里拳拳到肉的打法把我揍得头破血流，但他的一招一式我已经了然于心，应对自如，甚至还占了上风。他突然举起手喊：“它叫什么？”我不明所以。他指指那条狗。狗脖子上挂着一块闪闪发光的名牌。我念出名牌上的字：Leon。这是《这个杀手不太冷》里那个法国杀手的名字。邻居说：“回答正确。这狗归你了。”然后我带着莱昂离去，留下一个深藏功与名的背影。

还真给陈果说对了。时间循环不是一般的诅咒，而是能赋予人超能力的囚笼——就好比金字塔是死气沉沉的坟墓还是令人惊叹的奇迹，全取决于你怎么看待它。我死水一片的生活似乎有了不一样的颜色。

可是这片亮色很快也消失于无尽的时间循环本身。

当这一天过去，等到我再次睁眼时，还是在电影放映室里醒来的早晨五点三十七分。

我做过的一切不复存在。

这座城市重新醒来，一地鸡毛，尿性不改。

11

第100天

有人怀念着十年前在这里点燃的圣火，

有人操心着苟且在眼前的生活。

2018年8月8日这一天的北京，天气闷热，还下着雨。8月7日立秋了，北京被一场暴雨从里到外浇了个透。8月8日，夏天终于结束了。

从99天前开始，我的时间停留在夏天结束的这一天。

闲得蛋疼的时候，我也会从网页上搜寻这一天的新闻来打发时间。如果你去回顾2018年的8月8日，就会发现这一天在整个地球上也没有发生什么大事。

一台名叫“帕克”的太阳探测器停靠在卡纳维拉尔角[1]空军基地里，准备着在三天后飞跃太阳的日冕层。一头二十岁的母鲸在加拿大不列颠哥伦比亚海湾掉队了，因为不愿意放弃它那已死去多日的孩子。一群消防员从起火的大楼里救出了一条小狗和十五个男女。一个井盖丢了，因为下雨，水淹了路面，所以环卫工人没看清，三

1　美国佛罗里达半岛东部的凸出部分，与大陆隔着狭长湖。肯尼迪航天中心所在地。

轮车前轮卡在了上头，骑车的大爷摔成了髌骨骨折。

而北京城呢，除了那个在大雨里消失的井盖之外，似乎一片太平。有人怀念着十年前在这里点燃的圣火，有人操心着苟且在眼前的生活。

对我来说，这一天只是个再寻常不过的日子，说不上太好，也不算太坏——要是我没有被面包车撞的话。但如果可以选择，我大概不会选择被关在这一天。2011年2月10日。如果可以的话，我想在这一天一直循环下去，直到世界尽头。

那天其实也说不上多特别。

白天下了一点小雪。傍晚的时候，阳光照在屋檐的积雪上，雪发出棉被一样绒绒的光泽。我和陈果一人骑一辆单车，进了东四五条胡同。他的单车后座上绑着一捆白菜，我的单车后座上坐着林娅。

过了“好街坊美发店”，平时“老杨修车补胎”那地儿，修车的老杨头没有出现。一个敦厚微胖的中年人守在描着红漆的挑子旁，他时不时出现在这片，是个倒糖人儿的。从他身边经过时，林娅猛地一下子跳下车，一边揉着脚一边喊：“嗨，嗨，李正泰！我要吃糖人！你给我转一龙！”

我只好拿脚刹住车，扭头看着她。

陈果的两脚蹬得飞快，说了句“那我先回了啊”就消失在了胡同拐角。

我把单车停在墙根。林娅已经反身跑了几步，弯着腰站在挑子跟前，研究起转盘上的桃子、小鸡、蝴蝶、蜻蜓。

她满脸堆笑地问摊主："我先转一个试试成吗？"

中年男人点点头。

林娅从大衣衣兜里掏出手，哈口气，掌心相对搓了搓。接着，她迫不及待地伸出右手食指，猛地拨了一下竹篾做的转针。

转针呼呼地转了起来。

林娅皱着眉头俯视着转盘，眼神充满虔诚，嘴上却说："老板，这个不上算啊。"

转针逐渐失去力气，越来越慢，最后晃晃悠悠地停在了一只蝴蝶上。

"这个不算。"林娅说着，指了指我，"李正泰，你来。你给我转一龙！"

我脱掉手套，走到她旁边，弯腰拨动了转针。

转针最后又停在了蝴蝶上。

中年男人麻溜地从铜锅里舀出一小勺糖稀，三两下就在泛黄的大理石板上画出了一只歪瓜裂枣的蝴蝶。他拿竹签粘上，递给林娅。

林娅不甘心地接过来。中年男人又对我竖起两根手指说："两块。"

我伸手去掏裤兜的时候，林娅已经拿着蝴蝶，低头朝单车走去了。

我问："老板，龙多少钱？""十块。"

我给了他十二块，从草垛子上取了一条现成的龙。这龙做得倒算得上精致，厚鳞厚甲，眼睛是额外用白色糖珠点的。

我追上林娅，把龙递给她。她笑了，接过去："他肯定在蝴蝶底下粘磁铁了。"

我戴上手套，跨上单车，她拿手扶着我的腰，坐了上去。

林娅一路都在唧唧喳喳地说话，我已经记不清她到底说了些什么。

我甚至已经记不清她的样子。

奇怪的是，我却清楚地记得她的手环抱在我腰上的重量，记得从我嘴里呼出的白气沿着脸颊飘走的形状，记得斜斜地照进胡同里的黄昏的光。那光把一切都镀成了透亮的金色，好像那一刻的人、事、物，全部都裹了层薄而脆的糖稀。

没错。这天其实也说不上多特别。

2011年2月10日，辛卯年正月初八，小雪转晴。这是地球上普普通通，再寻常不过的一天。

但如果可以的话，我愿意付出一切代价，在这一天一直循环下去，直到世界尽头。

12

第*101*天

我的世界只有十四小时。

讽刺的是，我不仅和这个世界上的每一个人一样，有的时间点永远回不去，比如2011年2月10日——更惨的是，有的时间点我永远到不了，比如2018年8月9日。

有句话怎么说来着？你若无其事迎来的今天，是有些人赴汤蹈火也到不了的明天。

我的世界只有十四小时。无限循环的十四小时。

手机铃声响了。它固执地响了一声又一声，直到戛然而止。

来自老妈，第十四个未接来电。

我掀开被子坐起来。空调外机滴水的声音格外刺耳——

嗒!

嗒!

嗒!

布拉德·皮特在仓鼠笼子里奋力蹬着转轮。

阿尔·帕西诺在厨房地板上探头吃着青菜。

莱昂纳多——这是Leon现在的名字——仰起头哼唧了一声，又懒懒地趴回了被子。

寂静的房间里，手机铃声再次响起。

我接起电话。

“嗯。刚在睡……

“哦，昨晚上夜班，手机关了……

“啊？我看看！……

“我记着呢，日历上画了圈儿了，昨天不上夜班吗，给忘了……

“好，好，你劝劝爸，让他别生气了……他要气坏了，卖保健品那强子倒乐了。

“行，这周五回来……

“都行。包饺子吧。”

8月7日，立秋，我爸生日。因为上夜班，把这事忘了，也没接到电话。改约了周五8月10日。

讲个悲伤的事，你可不许笑啊。8月7日和8月10日，都是我永远到不了的时间点。

生活总能出其不意。有时候，陪父母吃一顿饭，不知不觉就从一种习惯，变成一句永远无法实现的诺言。

13

第102/103/104/105……天

我是时间之王。

好在对于2018年8月8日的那十四个小时来说，我是时间之王。

我不知道上哪儿能买到井盖，所以在从“奶奶的熊”回家的路上买了四个路障，还顺带解救了快递小哥、电梯姐妹、邻居那只狗。然后我下楼，转了两趟公交，找到了新闻里说的那个没有盖的窨井。

虽然我从内心憎恶出门、买东西、坐公交这档子事，但只有我知道那个没有人会注意到的窨井的秘密——假如我不做点什么，就好像成了它的帮凶。

放好路障后我在旁边看了一会儿，路人纷纷绕开了窨井，直到环卫大爷也骑着三轮车绕开了它安全地离开，我才悄然离去，留下一个深藏功与名的背影。

这几乎是完美的一天了。偷电瓶车的贼被当场抓获，坐电梯的双胞胎姐妹没有被困住，邻居家的狗没有哀嚎，环卫大爷没有摔骨折——而我也第一次走出了几年来离家最远的距离。

可是第二天，当太阳照常升起，小偷会偷车，电梯会故障，莱昂会挨揍，大爷会掉井里。

不管我做过什么，世界都没有变得更好。

这座城市，一共住着两千一百七十万人。

但是我和他们不再有任何关系。

2018年8月8日，当世界重启，一切归零，没有人会记得这一天的我。

没有什么是我做不到的，因为我有的是时间。但我似乎又什么也做不了，因为我只拥有这一天。

14

王毛毛在铁皮垃圾桶的烟灰缸里按灭了一根烟屁。

烟灰缸里已经横七竖八地集了满满一缸烟屁了。

在马路对面，是和平电影院。电影院大门两侧的橱窗里贴着几张海报，《低俗小说》《月光宝盒》《阿飞正传》……

经过一段时间的蹲守，王毛毛已经基本锁定了目标。她曾跟着他走进那栋电梯楼，听到他的公寓里传出熟悉的狗叫声。

这时目标出现了，他从电影院里走出来，走过那排泛黄的海报，丝毫没有察觉到自己被盯梢了。

王毛毛默不作声地跟了上去。

目标进入一家商店，王毛毛也跟了进去。在一排排高耸的货架之间，她心怀叵测，屏息凝神地注意着对方的一举一动。

目标买了几个红黄相间的路障。王毛毛站在不远处的五金货架前，装作挑选摩托车反光镜，从镜子里偷偷盯着目标结账。

目标走出商店，来到公交站台。

王毛毛藏在树荫下。

公交车来了，目标拎着路障上了车。王毛毛在关门前的那一刻也跟着跳了上去。

她一路偷偷跟着他，看到他把路障放在一个没盖的窨井周围。然后又坐上公交车，原路返回。

他总是一个人，偷偷做一些不为人知的事。

这座城市里，没有人留意过他，除了王毛毛。

她跟着他去过很多地方。坐过公交，挤过地铁，去过几条胡同。

不知不觉，王毛毛过上了一种螳螂捕蝉，黄雀在后的生活。

她成了他的影子。

而他毫不知情。

15

第116/117/118/119天

就像预知了猎物所有动向的捕猎者那样，我既忐忑不安，又胸有成竹。

2018年8月8日这一天还发生了一件小事，有人在东直门地铁站跳了下去，被进站列车卷到带电的铁轨上丧生。东直门离我住的东四十条只隔了一站地，看了下时间，这人跳下去是早上七点二十，正是2号线早高峰。

平常这个时候，我正在“奶奶的熊”陪陈果打游戏。东直门跳轨事件一直都被我忽略了，因为它和电瓶车小偷、电梯故障、邻居的狗、没盖窨井处于互不相交的时间线。

地铁站的监控视频里，她站在站台上，像一个普通的上班族那样望着地铁进站的方向。当列车的车头灯照亮隧道深处，列车呼啸着进站的那一刻，她突然就纵身一跃。

她为什么会那样做，没有人知道。记者第一时间采访了死者远在外地的父母和朋友，他们说她北漂几年，事业顺心，没有异常，乐观开朗。

北京地铁2号线从1969年开始动工，是北京最后一条没有屏蔽门的地铁线路。近年来，宣武门、鼓楼大街和东直门这三站最受跳轨者的青睐。从去年开始，为了消除安全隐患，各个站点陆陆续续安装屏蔽门，以后不会再有人能突然从岛式站台啪唧一声跳到铁轨上去了。

很快有人把她的朋友圈截图上传到网上，她在这一天的凌晨发了一条消息：

如果再也不能见面，祝你们早安、午安、晚安。

配图是《楚门的世界》里的一张剧照：站在世界尽头那座阶梯上的楚门，正伸手触摸看起来是蓝天白云的围墙。

几个小时后，她死了。

连续三天，我都忍不住点开那段视频。

在那无声的一分钟里，她歪着头，等待着地铁进站。然后一瞬间跳了下去，轻盈得有些决绝。

第四天，我去了东直门地铁站。

这样，我就错过了另一条任务线。一边是快递小哥、姐妹花、狗和老人这样亟须关爱的群体，一边是一个在新闻里被打了马赛克，长得可能像孔连顺亲妹妹的姑娘——在这样的人性拷问和选择面前，我的内心有过挣扎吗？

没有。在林娅之后，我对所有妞儿都脸盲了。胖瘦美丑，不都是世间众生本相？

早上七点的地铁站里人头攒动，我被浓稠如一锅粥的人群推搡着向前，走下楼梯，行过陈旧低矮的甬道，进入有着二十世纪八十年代风格的巨大圆柱的岛台。这种感觉很神奇，网上视频里记录下的一切，此刻都以一种无比真实的方式呈现在眼前——无数双鞋带进站台的泥水，滴雨的伞沿，令人躁动的热气；人群似乎是无声的，又似乎震耳欲聋。

我在往雍和宫方向的候车岛台找到了她的身影。

时间是七点零六分。

有一列地铁进站，人们一拥而入。

她站在原地没有动。

我看着她的背影，突然很想上去和她说话。

她为什么想要从站台上跳下去?

有那么一瞬间，我意识到了自从走入地铁站就扑面而来的这种感觉的真正神奇之处——时间循环赋予我与别人所不同的地方，是我可以回到被别人称为“昨天”的那个时刻。

我现在就在她的“昨天”。

如果昨天可以重来，她还会选择从站台上跳下去吗?

时针指向七点十分。

不停有列车进站，不停有人走进那钢铁巨兽的肚子，然后任由它呼啸着把自己带向这座城市的四面八方。

七点十七分。

七点十八分。

七点十九分。

她开始歪过头，朝着列车进站的方向张望。我的手心微微有些出汗。我走向她，站在她的身后。

就像预知了猎物所有动向的捕猎者那样，我既忐忑不安，又胸有成竹。

对，就是此时、此地、此刻。

就在她跳下去之前的那一刹那，我从身后环抱住了她的腰。

刺目的光亮从隧道中由远及近地照射出来，呼啸的钢铁巨兽减慢了速度，停靠在了站台边。拥挤的人群中，有位热心大妈用中气十足的声音喊道：

“臭流氓！抓臭流氓嘞！”

等我反应过来发生了什么的时候，已经被人群团团围住。

“小伙子，你这也太过分了吧？”

“甭跟他废话，报警！”

“活久见，地铁站抱姑娘了嘿！”

“真是首都大了什么鸟都有……”

在围观群众的坚持下，我被送进了东直门派出所。

众口铄金，派出所民警根本不听我的解释，苦口婆心对我进行了一番教育。

我简直百口莫辩：“不是，您听我说，今天真有一姑娘要跳铁轨，得亏我给拦住了。不信……不信您搜一下新闻？记者还采访了她亲戚朋友什么的。”

这时手机响了。瞟了一眼屏幕，来自老妈。民警抬头看了我一眼，我赶紧挂断，改成振动。

“压根就没这新闻。况且，你都抱了人家了，人家也跳不了铁轨了。”

“咦，警察同志，你说的好像很有道理？”

最后，因为只有目击群众，没有找到受害人，我被民警教育到下午六点。民警下班了，我也从派出所出来了。

走出派出所大门，手机又在兜里振动起来。一看，来自老妈，已经错过十四个电话。

“正泰，你……没事吧？”

“嗯。刚在睡……”

“怎么老打不通你电话？”

“哦，昨晚上夜班，手机关了。”

“昨天不是说好了在家吃饭的吗，你爸过生日。”

“啊？我看看！”

“你这孩子不长记性，怎么把你爸生日都忘了。”

“我记着呢，日历上画了圈儿了，昨天不上夜班吗，给忘了。”

“一直打不通你电话，汤都等凉了，回锅热了好几回。最后你爸气得饭也不吃了。”

“好，好，你劝劝爸，让他别生气了……他要气坏了，卖保健品那强子倒乐了。”

“那你这周五不上夜班了吧？能回来吃饭？”

“行，这周五回来。”

“想吃什么？我给你做。”

“都行。包饺子吧。”

好几次，“我今儿就回来吃饭吧”已经滑到了嘴边，可是，我不想因为自己会在七点三十七分“噗”一声消失而吓坏二老。

挂上电话，我抬起头，看着天桥上行色匆匆的人影，他们在巨大而清晰的桥身上，一个个却显得模糊不清。

我突然有些筋疲力尽。

在日复一日的时间循环里，我已经习惯了这种拥有无限时间的错觉。现在却不得不面对一个无可辩驳的事实：过去说过的话，做过的事，再也无法更改。想要弥补，却已经没有了时间。

16

第131天

我看了一百三十一场同样的大雨。

从今天起，我决定放弃抵抗，回到原来的生活轨迹。

我足不出户，手机静音，每天混吃等死，不关心粮食、蔬菜、季节、刮风还是下雨，不关心任何人。

我在这座时间的监狱里神挡杀神、佛挡杀佛、修身养性、万念俱灰，而我周遭的一切却——每一天都是新的。

在这座城市，我看了一百三十一场同样的大雨。而对其他任何一个人来说，这只是夏天结束之后的第一场雨。

我已经厌倦了看雨。在这循环往复的十四个小时的永生之狱里，我唯一想看的，是那个雪天的雪。傍晚的时候，阳光照在屋檐的积雪上，雪发出棉被一样绒绒的光泽。

要说还有什么是值得庆幸的，那就是每一天的开始，我都从电影放映室里醒来。

哦，对了，说到这个，我好像记错了。灯塔管理员那句话不是郭德纲说的，而是那个说“时间只是人体记忆中的错觉，时间根本就不存在”的爱因斯坦。

17

第*132*天

对于一成不变的*2018*年*8*月*8*日来说，她是一个闯入者。

这可能是一件好事，也可能是一件坏事。

也许是时间循环带来的错觉，我总觉得自己身后有一个影子。

在从超市的货架上拿薯片的时候，在人潮汹涌的地铁通道走路的时候，在独自一人坐着发呆的时候，在滴雨的公交站台等车的时候……

可是当我回头四顾，身后却空无一人。生活就这样继续着。

今天有些不一样。

我刚从放映室里睁开眼，1号厅观众席的门就被砰一声推开了，一个人影蹿了进来，三步并作两步窜上了第9排，指着10排1座歇斯底里地尖叫："陈果！你这个王八蛋！"

等我从放映室跑进1号厅观众席的时候，正好撞见那个人影抬手给了陈果一记耳光。

走近了才看清，这人身上穿一"谱"字儿，是陈果的女朋友本尊没错了。

那坐在陈果旁边看电影的是谁？

"你谁啊？"陈果女朋友怒气冲冲地问。

"诶，对，你谁啊？"陈果捂着脸，表情和身上的"靠"字儿交相辉映。

"你谁啊？"陈果身边坐着的人一开口，居然是个清秀果儿，只是短发藏在卫衣的兜帽里，胸部也没怎么发育，所以一眼望去没多少女性特征。

他们仨你看看我，我看看你。

"你给我走！"陈果女朋友吼。陈果在一旁无辜又忧愁地赔着笑脸。

“凭什么让我走呀？”那姑娘慢悠悠从屁股兜里掏出一张电影票，“1号厅10排2座，没错呀。”

这时候他们三个齐刷刷看向我。姑娘伸手把票递过来，我接过票，打开随身携带的手电筒照了照，说：“这张票确实是1号厅10排2座。”

陈果和他女朋友瞪大眼睛盯着我。

“可是，”我把票还给那姑娘，“这是昨天的票。”

“这样啊？”她好像并不吃惊，把票又揣回了屁股兜，“那对不住了啊。你们继续。”

她在众目睽睽之下一级一级地蹬蹬蹬跳下了楼梯，朝影厅大门走去。

陈果的女朋友还想发作，这时陈果一把拉住了她，单膝跪地说：“媳妇儿，跟你商量个事儿成吗？”

我知道陈果接下来要说什么。可是，他原本应该在电影结束，早晨六点的时候说这句话和接下来的话。

今天刚开始五分钟，一切却都已经乱套了。

也许问题出在刚才那姑娘身上？

我脑子里突然灵光一闪，追了出去。

转过影厅楼梯拐角，她的背影正急速消失在猩红的甬道里。

“喂！”我加快脚步跟了上去。

她也加快了脚步。

我跑了起来。

她也跑了起来。

我跑出放映室，撞上张姐，她问："小李啊，你没事儿吧？"

我环顾四周，已经不见她的踪迹。我问张姐："刚才出来一姑娘，您看见她上哪儿去了吗？"

张姐指指安全通道："我看见她进了楼梯间。"

通往安全通道楼梯间的那道厚重的大门像一张翕张着的嘴唇，微微来回摆动着。我快步追去，几乎是用身体的重量和奔跑的惯性撞开了大门。

"喂！"我一路跟着她的身影沿楼梯往下跑去。

很快，我追上了她。

我们两个气喘吁吁地站在昏暗的应急楼道里，她不再跑了，我也不再追了。

"电影院你家开的啊？"她弯着腰，喘着气，背抵在墙上说，"查个票都使上吃奶的劲了。"

我朝她走过去。

楼道顶上的灯光从我背后射出，在我身前投下一道又黑又长的影子。这道影子慢慢漫过地面，沿着墙壁升起，然后漫过了她的脚踝、小腿、大腿、平坦如我的胸部，停留在脖颈。在那之上，她的脸白得发光。

对于一成不变的2018年8月8日来说，她是一个闯入者。这可能是一件好事，也可能是一件坏事。

要搞清楚她的出现对时间循环有什么影响，对我来说到底是好事还是坏事，我必须亲自向她提出古往今来哲学家们一直都在问的那三个经典问题：

你是谁？

你从哪里来？

要到哪里去？

可还没来得及开口，我突然感到一阵蛋疼。不是文学修辞上的蛋疼，是真正的从下体传来一阵剧痛。

她居然……顶了我一膝盖？！然后推开安全通道的门，头也不回地跑掉了？！

昏暗的楼道里，只剩下我一个人，以一种奇怪的姿势站立着。我的影子弓着腰，待在墙上。

有时候，时间重启并不是什么坏事。不管这一天发生了什么，你都可以从头来过。

看了下表，才刚早晨七点二十。

何以解忧，唯有晚上七点三十七。

18

第133天

她朝我走了过来，并且说出了一句让我差点当场晕厥的话。

“李正泰！李正泰！李正泰顾客请注意！您的朋友在商场二楼出口处等您！”

芬兰哥们儿从爱克托沙发上坐了起来。他面无表情，望着自己前后左右的顾客熙熙攘攘，有如过江之鲫打他身边游过。

如果你一点不知道他的故事，那么他此刻的表情在你看来就会显得毫无意义。

而我知道隐藏在他眼中的那一丝心满意足，就好像猴面包树下的泥洞里睡醒的一只狐獴——它钻出洞穴四下张望，发现自己不再惧怕草原上成群结队的羚牛和斑马了。

“你好。请问可以帮我一个忙吗？”不出所料，芬兰哥们儿从茫茫人海里选中了我，径直走了过来。

他拿出一个笔记本，翻开其中一页说：“我在完成一个愿望清单，其中一项是在北京和五十个中国人说话。”

我瞟了一眼他的清单，原本写的是“100”，然后被叉掉了，变成“50”。哥们儿仍需鼓励啊。

“你是第二十三个。我们可以聊聊吗？”

通常，我不是很愿意搭理陌生人。但是这有什么关系呢？我已经听他讲述自己的故事很多遍了。

我点点头。

芬兰哥们儿开始自我介绍：“我叫Jarno，中文名字是张佳诺，我曾在赫尔辛基大学学习了四年汉语……”

我在心里默念出他嘴里说的每一个字。如同陈果的求婚誓言，这哥们儿的革命家史我也一样能倒背如流。

我看着他的眼睛。

不，他还不认识我。

即使我听过他亲口讲述自己的故事无数次，可是当时间重启，他还是像第一次见到我一样。

突然，我看到了那只蝴蝶。

是的，那只不知道从哪里冒出来的，也说不清是什么颜色的蝴蝶。它缓慢地振动翅膀，擦着芬兰哥们儿的头顶朝不远的地方飞去。循着它的飞行轨迹，我看到了难以置信的一幕——在一台黑色的汉尼斯书柜和一架勒纳普落地阅读灯之间，站着昨天出现在电影院的那姑娘！一定是她！

在不断重启的8月8日这一天里，她看起来真是来去自如得有些过分。

我拍拍芬兰哥们儿的肩，绕过他喋喋不休的脸，朝那姑娘走去。

这一次我走得尽量沉着稳重。光天化日、众目睽睽，应该不会再让她误会我了吧。

我走到离她两米远的地方，蛋疼的肌肉记忆让我情不自禁地停住了脚步。

她放下手里的提斯沙漏，回过头来，我们正好四目相对。

蝴蝶停在了沙漏上。

在这样的时刻，空气中回荡着的背影音乐竟然是——

“王毛毛！王毛毛！王毛毛顾客请注意！您的朋友在宜家餐厅入口处等您！”

我赶紧扭头看向了一边。可是她却朝我走了过来。

并且说出了一句让我差点当场晕厥的话：

“昨天那事儿，对，对不起啊。”

19

第*134*天

现在可能已经产生了*134*个不同的*2018*年*8*月*9*日。

我就这样认识了王毛毛。

我们同病相怜，她也是一个被困在时间循环里的人。我们的症状和病程发展也很相似，一开始是震惊，接着是不相信，然后就各种挥金如土、展示神迹、尊老爱幼、劫富济贫……但最后，她也和我一样，从神挡杀神到万念俱灰。

王毛毛说她一直在寻找同类，至今只找到我一个。她说也许这个世界上的每一天都是一座时间的监狱，每一座监狱里都关押着时间的囚徒。

那我们不是病友，是狱友了。

随即王毛毛向我提出了一个大胆的建议：越狱。

这种想法基于她的几点观察：

第一，虽然我们可以在2018年8月8日这一天做任何事——甚至是受伤或者死亡——但都不会影响到这一天及之前已经发生的事。远的，比如1519年9月20日，葡萄牙人麦哲伦带领船队，出发环游世界；近的，比如2018年1月17日天线宝宝“丁丁”的扮演者西蒙去世。发生过的事情已经永远发生了，我们无法改变。

第二，我们在这一天做的事会影响到2018年8月9日以及未来吗？有可能。我们作出不同的行动，会产生不同的结果，这些结果就像吹泡泡一样，每一个泡泡就是一个时间线上的新世界。也就是说，现在可能已经产生了134个不同的2018年8月9日。但这样的多重宇宙对我们来说暂时还没有意义，因为我们自己还到不了“明天”。而一旦越狱成功，一个明确的“未来”就有了意义。

第三，越狱有可行性吗？当然。对于别人来说，时间只售卖单程票。而对于我们来说，时间是地铁2号线，环状闭合。我们必须得找到一个换乘站点，重新回到单向行驶的地铁1号线上去，才能回归到正常的生活。

我问王毛毛这些乱七八糟的结论都是哪儿来的，她一本正经地说是经过“高人”指点。

“明天你谁也别见，手机也别开，带上一把最大最大的伞，到动物园来找我。”王毛毛神秘地说。

她一边说话，一边深深地吸了一口烟屁，吐出一个烟圈。

我拿手扇了扇脸：“你成年了吗？还抽烟。”

她对此不置可否。

她的身体看起来很单薄，瘦削的肩膀上支着一张棱角分明的脸。一个六年级的小学生都比她发育得要好。

王毛毛问：“去不去？”

我说：“不。”

王毛毛又吐了一个烟圈，掐掉了烟屁，斩钉截铁地说：“下午五点，长颈鹿馆，不见不散。”

20

第*135*天

这一瞬间，我好像突然又具备了掌控时间的能力。

早晨五点三十七一到，我毫无悬念地在电影放映室里醒了过来。

我站起来。透过放映室的观察孔，我能看到10排座椅靠背上冒出来的两个脑袋。

二十三分钟后，陈果将迎来他人生的致命一击。

我坐在放映机前，看着映照在石英钟面上的自己的影子。一直以来，我就像不停地把巨石推上高山，然后看着巨石又滚落到山脚的西西弗斯一样。

我所做的一切，对这个世界毫无意义。

这时，我脑海里跳出两个跟王毛毛长得一模一样的小人儿，一个有着天使光环，一个长着恶魔尾巴。

恶魔尾巴的王毛毛小人儿露出寒光闪闪的虎牙说："你看，循环往复的荒谬人生是多么痛苦呀。难道你就不想作出一点改变？"

天使光环的王毛毛小人儿扑棱着翅膀在一旁帮腔道："下午五点，长颈鹿馆，不见不散。"

我看着石英钟，夜光的指针嘀嗒走动。

指针走了一圈，又一圈。

我摸出手机，滑动了关机键，然后站起身，为10排1座的哥们儿默哀了三秒，走出了放映室。

走在猩红的甬道里，总觉得身后跟着什么人。可是当我回头，地毯上只有我被灯光拉得长长的影子，走道里空无一人。

早晨的北京街头，行人寥寥，偶尔有汽车从路上驶过。我一路走着，不知不觉走到了东四五条胡同。

胡同里家家户户熄着灯，没有半点声响。

依次走过林娅家、陈果家，最后来到了我父母家门口。

我站在院墙外倾听着里面的动静，却只听到马路上驶过的车辆声。

也不知道这样站了多久，晨曦中，胡同渐渐活过来。院子里的人拉开灯，起了床，开始准备早饭。我听着他们咳嗽，交谈。好几次，我差点就走进去，和他们一起喝喝豆汁，吃吃油条，迎来新的一天。

然而我最后还是悄无声息地走掉了。

我一路走回家，倒头就睡。

醒来已经是下午四点了。

今天，我决定要做一件以前从来没有做过的事：去动物园见王毛毛。

从东四十条地铁站坐到西直门，接着转4号线大兴线，只消再坐一站地就能抵达动物园。像往常一样，一路上总觉得有双眼睛一直在盯着我。可是当我四下张望，却只看到一张张陌生而疲惫的脸。

途中，在东直门站停靠时，我突然意识到这就是那个姑娘跳下去的站台。是我曾经来过，试图改变这件事的那个站台。

鬼使神差地，我在这一站下了车。站台上人流汹涌，钢铁巨兽吐出一串串蝼蚁，又吸入一串串蝼蚁。灯光雪亮，我却莫名感到如芒在背。那种被人盯着的感觉如此强烈，我茫然四顾，却不知道自己想要在人群中寻找什么。

8月8日循环往复，就在今天早上的七点二十，她应该已经又跳下去一次了。城市像一座庞大而精密的机器，齿轮咬合了血肉。据新闻里的说法，跳轨事件只让2号线暂停了15分钟，又马上继续“正常运行”了。

如果再也不能见面，祝你们早安、午安、晚安。

这姑娘大概率是一个温柔又喜欢电影的人吧。但她为什么会选择离开这个世界，再也没有人能知道了。又一列地铁抵达，我跟着人群，走进它冷气十足的躯壳。站在晃动的地铁车厢里，我努力想把在东直门地铁站体会到的那股说不清道不明的感觉从脑海中甩掉。

按照王毛毛的吩咐，我带上了一把长柄雨伞。但是走出动物园站之后我发现这边的雨很小，根本犯不着打伞。

记得上一次来这儿时，我还穿着开裆裤。时间真是奇妙的东西，它从来没有改变过速度，但在人们嘴里，它却不是太快，就是太慢。

我从入园处拿了一张地图，进了动物园大门朝左走，过了熊猫馆右拐，经过鸣禽馆、犀牛馆，空气里渐渐飘来一股股食草动物的粪臭味儿。数着羚羊、麋鹿、斑马、野驴、骆驼、牦牛……就来到了长颈鹿馆。

我一眼就看到了王毛毛。她今天穿了条翠绿色的裙子，裙子上有细碎的樱桃图案。她还戴了耳环，也是红红的樱桃。她没有打伞。

我走到她身边，和她并肩站着。

她像个接头的女特务似的，双眼盯着长颈鹿，看也不看我地说："你迟到了两分钟。"

我扭头看着她："你别说，耳朵上挂两个车厘子，还蛮好看的。"

她扑哧一声笑了出来。

王毛毛又抬手看了看表，这才终于转过来面朝我说："还有一小时就闭园了。"

我正在琢磨她的葫芦里到底卖的什么药，她突然又说："时间还来得及。我们去坐摩天轮吧！"

动物园里有一个规模不大的游乐园，几乎就是我记忆中的样子。人们都说记忆往往会褪色，这个游乐园的设施就像记忆一样纷纷都褪色了。王毛毛一看到那个比路灯高不了多少的"摩天轮"就兴奋地大叫起来，为了不扫她的兴，我只好买了两张摩天轮的票。

我已经很久没有和人一起挤在这么狭小的空间里过了。挂在摩天轮上的小箱子逼仄得让人难受。王毛毛兴致却很高。

当小箱子在细雨中轻轻晃悠着升到最高处，透过郁郁葱葱的树冠，王毛毛发现了一柄大油伞下，藏着个倒糖人儿的小摊子。她把那个小摊子指给我看："嗨，嗨，李正泰！我要吃糖人！你给我转一龙！"

我怔住了。

这一瞬间，我好像突然又具备了掌控时间的能力。我重新回到了过去的某个时刻，在北京动物园淅淅沥沥、晃晃悠悠的五米高空，我却感觉自己两脚着地，架着单车，在一个下雪的冬日里扭头望着那个跟我说话的人——林娅。

摩天轮吱吱呀呀地转了两圈就停下来了，时间才过了三分钟。

从摩天轮上下来时，恍若隔世。

王毛毛拉看我去找她在空中发现的转糖人摊子。找到之后，大概是看我一直发呆，她亲自拨了转针。好像是使了很大的力气，转针一直转啊转啊……

最后停在了蝴蝶上。

做糖人的妇女颧骨上有着两团红，背后还拴着一个襁褓。这类妇女一般都是从外地进京的，过去总成群结队潜伏在中国人民大学门口的天桥上兜售假学历证书。

她麻溜地从铜锅里舀出一小勺糖稀，三两下就在白色大理石板上画出了一只歪瓜裂枣的蝴蝶，然后拿竹签粘上，递给王毛毛。

王毛毛不甘心地接过来，悄悄对我说：“她肯定在蝴蝶底下粘磁铁了。”

妇女对我竖起两根手指：“二十。”

我给了钱，王毛毛已经拿着蝴蝶走远了。

我心里对她涌起一阵莫名的感激。我差一点就不会来了。那我就会毫不知情地错过这一切。而现在，仿佛是意识宇宙或者哪位命运之神许以的褒奖，那个把一切人、事、物裹上一层薄而脆的糖稀的黄昏又回来了。

接着王毛毛又要求玩碰碰车、旋转木马和过山车。

等她把这些都玩了个遍之后，动物园里的游客越来越少了，提醒游客出园的广播响起，闭园的时间快到了。

心满意足的王毛毛说：“跟我来。”

就这样我被她领到了爬行动物馆。爬行动物馆里已经没有了游客，她看了看贴在门后的值日表，自信满满地说：“他们已经检查过这儿啦。现在动物园在清理游客，一会儿所有的门都会上锁。”

“那我们难道不该尽快出去？”

她没有解释，而是带着我在各个展馆之间东躲西藏。终于，夜幕降临，动物园呈现出了另一番模样：这里已经没有了游人的踪迹，只剩下动物的吼叫声在沉沉的暮色里遥相呼应。

我们走到鹿苑背后的一处山丘，坐在了一片柔软而湿润的空地上。

细雨已经停了。

暑气消退后，鹿粪的味道混合着雨水和青草气味，弥漫在空气中。

如果不被打断，我们可能要这样一直坐到时间的尽头。

晚上七点三十五。

我们就坐在时间的尽头。

“现在呢？”我问。

王毛毛低头看了看表，然后侧过脸冲我眯起狐狸一样的眼睛一笑：“等。”

晚上七点三十六。

王毛毛从地上腾地站了起来，向天空伸出双手，仿佛在接住某种我看不见的东西。

“等什么？”

她仰起头，高高举起手臂，闭着眼睛说：“等这个。”

晚上七点三十七。

她话音一落，天空突然下起瓢泼大雨。

雨水落在王毛毛仰起的脸和手上，原来刚才她伸出双手是要接住噼里啪啦砸下来的雨滴。我撑开伞——如她所说，“最大最大的伞”——这样我们两个都不至于淋雨了。

不知道从哪儿冒出来的三三两两的游客，开始朝着各个方向快步走开。

动物园里又响起提醒游客出园的广播。

“一会儿就要闭园了。”她说。

我不明所以地看着她。

她皱着眉头，用一种看白痴的眼神看着我，然后耸耸肩，露出一个狡黠的微笑。

21

第*136*天/王毛毛时间

青草上的夜露，透过云层洒下的月光，空气里的味道，还有眼前的姑娘——在月光下，在草地上，在食草动物的粪便气味中跳舞的，长着雀斑又平胸的姑娘——都是那么不真实。

在被时间囚禁的第一百三十六天，我第一次，不是在电影放映室醒来。

晚上七点三十七分已经过去了，我还在这里，在一片线条圆润的山丘上，在暑气和大雨里，脚下踩着细密的青草。

这就是王毛毛想要告诉我的秘密。

现在是2018年8月7日下午五点二十，是“王毛毛时间”。她总是在这个时间开始进入重置，而她进入时间循环的地点，就是北京动物园。

同样作为时间的囚徒，我的坐标随着她一起重启了。对于王毛毛和我来说，只要我们在空间上“在一起”，那么我们就能获得对方的“时间”。

难怪之前我总觉得被人盯梢了。原来一直尾随着我的那个人是她。她偷偷跟着我，所以获得了我的时间。而我因为和她在一起，所以也不再是从8月8日的早晨五点三十七、电影放映室这个坐标重置了，而是从她的8月7日下午五点二十、北京动物园这个坐标开始重置。

从现在开始，只要我们不分开，那我的每一天都不再只有十四小时，而是二十六小时又十七分钟。

一开始，我以为这是她精心设计的恶作剧——像王毛毛这种不按常理出牌的人，真要是干出这种恶作剧也不足为奇——但很快，随着动物园再次闭园，四周又变得空无一人，只剩下暴雨、雷鸣和鸟类的嚎叫。这一切让我不得不相信她的话。

幸好王毛毛让我带了伞——不过据她解释，她自己在8月7日那天没有带伞。所以每一次重置，她一睁眼就是下着雷阵雨的动物园。

我们打着伞在大风大雨中一路踯躅，到了喂养鹳鸟和火烈鸟的池塘边，躲进了一座水泥造的小亭子里。

雨滴像一只只迷你的鱼鹰一样，奋不顾身、前仆后继地扎进池塘，激起一圈圈涟漪。时间是否也是这样的一种东西？它是雨滴，是池塘，又是涟漪本身。无数人在这个世界上出生、相遇、死亡。每个人的轨迹以一个点为圆心，扩散着，交错着，然后随着时间，消失在有限的一生之中。

浅岸上，深红色和粉红色的火烈鸟一会儿呼啦啦走到东，一会儿呼啦啦走到西。不时还有雷从那些年老的树木硕大浓密的树冠上滚过。

王毛毛一直在低头玩手机。我瞟了一眼，看到她在和一个备注为“关老师”的联系人聊天。

“我想在这儿待会儿。”我把伞递给王毛毛，示意她可以先走。

自从时间循环以来，我还没有经历过黑夜。我想待在这里，看看夜晚是不是真的会降临。

王毛毛没有接过伞，而是收起手机，掏出两个耳机，一边一个，塞进自己的耳朵。她的头发和裙子被暴雨淋透了，根本分不清从她发梢和裙角滴落的雨滴哪些来自她所经历的第一个8月7日，而哪些来自第一百三十六个8月7日。

“你听过三只蝴蝶的故事吗？”王毛毛提高嗓门大声喊——不知道是因为戴着耳机，还是因为下着暴雨。

“有一只黄蝴蝶，一只蓝蝴蝶，一只红蝴蝶，它们仨是好朋友。有一天，它们正在花园里玩儿，突然飘来一朵乌云，下起了暴雨。花园里正好有三朵花，一朵黄花，一朵蓝花，一朵红花。三只蝴蝶想到花里躲雨……”

这故事有些年头了吧。我第一次听到它，差不多是在二十世纪，穿着开裆裤的年纪。

“黄色的花，黄色的花，可以让我们进去躲雨吗？——不可以，我只能让黄蝴蝶进来躲雨。

“蓝色的花，蓝色的花，可以让我们进去躲雨吗？——不可以，我只能让蓝蝴蝶进来躲雨。

“红色的花，红色的花，可以让我们进去躲雨吗？——不可以，我只能让红蝴蝶进来躲雨。

“三只蝴蝶谁也不愿意单独躲雨。暴雨打湿了它们的翅膀。”

王毛毛说着，侧过头看着我：“你说，它们仨是不是傻？”

我点点头。

她深深吐出一口气，笑了笑。

滴雨的屋檐下，我们就这样并肩站着。

一个困在夜晚，一个困在白天的，两个时间囚徒。

雷声渐渐熄灭在树梢。

雨小了。

乌云都落进了眼前的池塘，月亮现身在夜空。

我走出亭子，站在湖边的青草地上。这是一百三十六天以来，我第一次看到月亮——之前身陷时间的囹圄时，我竟然从来没有留意到过月亮这种东西已经从我的生活里彻底消失了。

“你会跳扭扭舞吗？”王毛毛在我身后问。

我知道扭扭舞，《低俗小说》里乌玛·瑟曼和约翰·特拉沃尔塔跳过这种舞。

“不会。”我说。

“我可以教你。”她说着，走到我面前，扯下她右耳的耳机，塞到我的左耳。

“不跳。”我说。

音乐响起，节拍像电流一样穿过我的耳朵，震得右脸发麻。她自顾自地跳了起来。

天不知不觉黑尽了。

月光照着她的脸，她闭着眼。王毛毛的皮肤太白了，她的鼻翼两边布满了雀斑，像脸颊上趴着一只灰色的蛾子。

我从来没有想过有生之年会经历这样一幕：我站在北京动物园的湖畔，看一个才认识了不知道该说几小时还是几天的姑娘在震耳欲聋的鼓点中，伴着远远近近的狼嚎跳扭扭舞。

青草上的夜露，透过云层洒下的月光，空气里的味道，还有眼前的姑娘——在月光下，在草地上，在食草动物的粪便气味中跳舞的，长着雀斑又平胸的姑娘——都是那么不真实。

空寂的发红的苍穹下，动物的吼叫声此起彼伏。那些夜行困兽靠嗥叫来让自己与月亮相连——从它们身体振动发出的声音的波浪，由这个动物园一圈一圈向宇宙深处荡漾开去。

王毛毛睁开双眼。她的眼睛像某种小小的野兽，在猩红的夜空下闪闪发光。

她用这闪闪发光的眼睛看着我。

我也跟着王毛毛的步伐扭了起来。

王毛毛举起一只手臂，伸出食指，指向夜空，闭着眼睛尖叫：“嗷呜——”

“嗷呜——”我也对着夜空嗥叫。

我突然想起了那个在宜家商场里逮着中国人聊天的芬兰哥们儿。在北极圈漫长黑暗的冬夜，几十天见不到一丝阳光；而在五月底到七月中旬的极昼里，太阳永不坠落。在极昼和极夜的日子，即使矜持如芬兰人，也常常禁不住狼嚎两嗓子。

就像此时此刻的王毛毛和我。

我们的声音会像那些原始而清澈的嗥叫一样，在这个湿润、闷热、奇异的夜晚，荡漾到宇宙深处去吗？

我低头看着王毛毛。

这感觉真是奇怪，因为被困在时间囚笼的一百三十多天以来，我一直觉得自己是这个世界上最不自由的人。

而现在，在月光下，在草地上，我们是方圆百里最自由的两具血肉之躯。

王毛毛突然停下脚步，把两枚耳机收进了口袋。

鼓点和节拍消失了，夜风包围了我们。

她踮起脚尖，把脸轻轻地凑到我脸前。

我坐怀不乱地看着她，心里却搞不清楚她这算不算在暗示什么？

事实证明我想多了。

“走，”她说，“我带你去见一个人。”

王毛毛说的这个人，就是她之前提到过的那位“幕后高人”。我跟着她从动物园出来，趁着夜色打车到了雍和宫旁的官书院胡同。

进了胡同，黑灯瞎火地走了一段路之后，前面出现一盏昏黄的路灯。路灯下蚊虫飞舞，三三两两坐着些摇扇子的闲人。走近了，才看清靠墙竖着的一块纸板上龙飞凤舞地写着：

名老中医独家研制

孩子不打针不吃药

依托量子纠缠理论

直系亲属针灸即可

我正看得瞠目结舌，这时又发现旁边的路灯杆上贴着一张告示：

看相算命

皆是骗人

切勿上当

街道办宣

一穿汗衫的大爷坐在这块“切勿上当”的牌子底下，招呼道：“美女，看不看相？算不算命？”

王毛毛正笑眯眯欲答，我赶紧说：“大爷，咱识字儿。”

这时有个小伙子站起来，收了屁股下的马扎，朝我们挥挥手。王毛毛回头给我使了个眼色，迎了上去。

“这位是关老师，”王毛毛礼貌地介绍道，接着又用肩膀指了指我，“关老师，这是我在微信上给您说过的那个谁，李正泰。”

我拉起她的胳膊就往回走。

“诶诶诶你干吗呢？”王毛毛不依不饶。

“这种骗子扎堆的地方你也信有高人？”我压低声音说，“就刚才那个看相算命的大爷，还有这大半夜坐胡同里不搁屋的资深空巢男青年……”

王毛毛拽住我的手腕，挤出十二分的真诚，说：“最危险的地方就是最安全的地方，最可疑的地方才最可信。他值不值得信，聊聊你就知道了。”

看着她执迷不悟的样子，我气不打一处来。

我指指路灯杆上的告示：“你以为那是谁贴的？八成就是那大爷。为的就是初筛一遍目标客户——比如你……”

“兄台！请留步！”那位“关老师”三步并作两步追了上来，“兄台怎么称呼？”

我回过头，在路灯光下这才看清——他居然是我在8月8日早上会遇到的外卖小哥！

“关老师是吧？”我问，“研究什么来着？”

“小弟不才，专业方向是场论与宇宙学。超弦理论和M理论是鄙人深感兴趣的领域。”

“那你还学人算命？要不我给您算算？”

王毛毛用胳膊肘撞了一下我：“别闹。”

“关老师，”我说，“你的命，黄袍加身，每天鸡鸭鱼肉相伴。我说得对不对？”

他先是一怔，接着沉默了。

王毛毛看得目瞪口呆。

“宇宙的终极秘密就藏在你胸口的三颗痣里。我说得对不对？”

他点点头，接着脸上的表情瞬息万变——震惊、痴迷、疯狂、热切、怀疑——旋即双手护胸：“兄台怎会知道我胸口有三颗痣？”

王毛毛说：“深藏不露啊！李正泰，没看出来原来你才是高人。”

“别听他瞎扯了，他正经事儿就是送外卖的，走吧。”我拽紧王毛毛的胳膊，拉着她朝胡同口走去。

“此言差矣。”身后，外卖小哥一字一顿地说，“鄙人正经事儿是理论物理研究，送外卖只是科研之余的一项消遣。”

我拽着王毛毛头也不回地继续朝前走。

身后传来外卖小哥那尖细的男声：“在下听王姑娘说，二位在找‘换乘点’？”

我站住了，王毛毛在一旁歪着脑袋，屏息凝神、察言观色。

我转过身，走回他面前：“这事有解？”

外卖小哥点点头：“可以一试。”

“你真相信有时间循环这回事？”我问。

外卖小哥一脸虔诚：“时间循环的存在，在数学上已经被证实了。虽然在物理上还没有被证明，但这只是时间问题——这么说有点绕。”他说，“在下的意思是，这个时间问题迟早……”

“有办法找到换乘点吗？”我看着他，权衡着要不要相信一回民科，死马当活马医。

他拿右手中指推了推鼻梁上的眼镜架：“理论上来讲，鄙人能计算出你们所要经历的时间重启的次数。”

“这么说我们能知道什么时候可以越狱成功了？”王毛毛高兴得跳了起来，伸出两只纤细的胳膊，像只猴子似的整个人挂在我脖子上。

我正费力地把她从我身上摘下来，外卖小哥神不知鬼不觉地飘到我俩耳边，轻声道：“冒昧问一下，要是鄙人猜得没错的话，二位都是已经死过一次的人了吧？”

22

第136天/李正泰时间

“我活了二十多年，你突然告诉我，

昨天、今天、明天的我不是同一个人？”

我确实是已经死过一次的人了。但王毛毛是不是，我不知道。

她没有向我提起过之前的事，比如，她为什么会有8月7日的电影票，还有她为什么会去下着大雨的动物园，又是怎么从茫茫人海中发现我的真实身份的。

在我们跟着外卖小哥走去他住地的路上，一个又一个的疑问塞满了我的大脑。而王毛毛却对此缄口不语。

外卖小哥和一伙人租住在一个大杂院里。院儿里断水断电，院子的主人正在谈拆迁补偿，所以便宜租给他们。他不无得意地提到自己有个单独的房间，不用和别人挤在大通铺上。

到了地方，他拿钥匙开了门，熟练地从门框旁摸到了手电筒，啪一声拧亮，招呼我们进去。

跨过这扇门之后，不得不承认，我也要改口叫他“关老师”了——手电筒的灯光之下，这个散发着汗臭味的单间呈现出一种神秘的气息。茶几上、板凳上、窗台上，还有地上、床上，到处都堆满了书；房间中央甚至还有一块黑板，上面用粉笔写着复杂的演算过程。

“你说时间循环到某次之后就会停止，可信吗？”我问。

“这只是鄙人的推测。科学界还没有找到时间循环的任何证据。”

王毛毛嗔怪道：“证据这不活生生站在你面前呢吗？”

外卖小哥——现在应该叫“关老师”——不好意思地搓了搓手。

我继续问：“时间循环结束的时候，有什么副作用吗？它就自然结束了？”

“兄台是想问你会不会再死一次吧？这个说来话长了……”

“长话短说，关老师。”

“好吧，这么说吧，在初始坐标的宇宙里，你的的确确死了。否则你也不可能进入时间循环。但是现在的你，和初始坐标的那个你，并不是同一个你。所以时间循环结束之后的你，是存在于一个新的宇宙里的。在不同的宇宙里，你一般不会再死一次，就像人不会踏进同一条河流。”

“你的意思是，死亡把‘我’变成了一个bug？”

“可以这么说。”

“为什么会这样？”

“很简单，因为世界本来就不是连续的。今天的你和昨天的你，这一秒的你和下一秒的你，并不是同一个人。”

“太扯了吧？”

“无数的你，存在于无数的平行宇宙。每当你起心动念，甚至哪怕只是改变了呼吸的轻重缓急，就会诞生出一个新宇宙里的你。”

我有些泄气：“我活了二十多年，你突然告诉我，昨天、今天、明天的我不是同一个人？”

关老师问：“你们都有过看电影的经历吧？”

王毛毛举手：“我是影迷。”

关老师解释道：“电影是通过视觉暂留原理产生的。把不连续的画面按照每秒24帧播放，肉眼就看不出来图片是不连续的。”

“彼得·杰克逊用48帧拍了《霍比特人》系列，李安的《比利·林恩的中场战事》是120帧。”我忍不住说。和搞物理的民科聊天真插不上什么话，聊电影我可还行。

“你们看电影的时候从来不怀疑它的连续性。对吧？其实你可以把‘世界’也看成是一场‘电影’，无数不连续的片段按照前后顺序串联在一起，作为观察者的我们被‘眼睛’欺骗，以为它是连续的。”

“行，就算世界不是连续的，时间也是连续的吧？”

“时间是什么呢？不过是人对世界的不连续变化的一种感知。你看到斗转星移、春华秋实，这些都是空间中的幻象，它们不是连续发生的。你能感觉到时间流逝，其实只是空间幻象一帧一帧被你感知到了。从物理学的角度来看，时间就像数学一样，你可以理解它，但它并不真的存在。好比当你们坐在电影院里，让你们开怀大笑或者伤心落泪的，只是银幕上的一个个昙花一现的像素。”

我听得一脸懵逼，记得中学时的物理课本上可没这么胡扯过呀。

王毛毛似懂非懂地点点头：“就跟做梦一样。”

这回换关老师一脸懵逼了。

王毛毛说：“人只有在快速眼动的时候才会做梦；也只有借助视觉暂留才能欣赏电影。那人应该也是在一呼一吸、眨眼之间才能感知到时间。人一旦死了，对时间的感知就会出问题。”

“王姑娘很有研究物理学的慧根嘛！”关老师赞许地说。

王毛毛不客气地点点头，又转身偷偷对我说：“其实这都是他之前自己跟我说的。”接着她继续道，“这就是为什么，人死亡之后会陷入时间循环。因为对世界的不连续性感知出现了问题。”

我猜这句也是之前关老师对她说过的。

看着他俩一唱一和，我更加一头雾水了。

“算了，为什么人死了会进入时间循环我也不追究了。”我说，“甭管什么科学道理，你就告诉我换乘点在哪儿吧。”

关老师敲了敲黑板：“这是鄙人用到的公式。估计不出半年，就能有结果。”

王毛毛双手托腮看着黑板，喃喃道：“半年？关老师，我们有的是时间，但您没时间。等我们时间一重启，你就什么都不记得了，我们还得来找您一次，您还得从头开始算。这样永远也算不出个结果啊。”

关老师伸出两根手指：“最快两个月。”

“说吧，你要多少钱？”我问。

关老师立刻摆着手说：“不不不，不是为了钱。鄙人不才，自幼爱好格物致知之学，却一直都是纸上谈兵。多少寒窗学子、大师名家更是一辈子研究超弦问题，直到两鬓斑白都只能管中窥豹。放眼整个理论物理界，还没有哪位科研工作者找到过看得见摸得着的‘证据’——何况还是两位大活人。此时此刻，二位光临寒舍，令鄙人感到无比荣幸，蓬荜生辉。”

我扭头看着王毛毛：“翻译一下？”

王毛毛试探道：“关老师这意思是，免费？”

我拍拍关老师的肩膀："钱不重要，时间才重要。再过十多个小时，我们又要蹦跶回8月7号下午了。"

"鄙人七点还要上班送外卖……如果能在实验室里计算，那会快很多。二位能找到有很多电脑的地方吗？"

听到他这么问，我突然有了一个主意。

月朗星稀，"奶奶的熊"四个大字霓虹闪烁。

"靠！靠！靠！靠！我靠！"陈果站在一排电脑前，一半是气没消，一半是懵圈。

我从电脑桌下钻出来，举起手里的线："得了，你也甭老念自己衣服上的字儿了，跟结巴似的。过来给我搭把手。"

陈果走过来，拿眼神指了指王毛毛："你什么时候有的妞？"

我摇摇头。

他摆出一副苦大仇深的样子发起了牢骚："哥们儿今天求婚，不是说好了你当班吗？放我鸽子不说，还突然来个电话让我把网咖清场！婚没求成，生意也泡汤了。你丫要给不了我一个合理的解释……"

我停下手上的活，认真地看着他："听我一句劝，这婚，咱别求了。"

"你什么意思？"

在长桌另一头电脑前噼里啪啦输入公式的关老师朝我俩看过来。站在他身后的王毛毛也鬼鬼祟祟地朝这边探出脑袋。

我拉过陈果的胳膊，压低声音对着他耳朵说：“这么多年兄弟一场，你信我。”

陈果丈二和尚摸不着头脑，继续吹胡子瞪眼地看着我。

“忘了她吧。”我说着，揽过陈果的肩，拍了拍，“别在一棵树上吊死，懂吧？”

一分钟后，他神色缓和了下来，抿了抿嘴，字斟句酌地开口道：“李正泰，你不会……你……别想了，咱俩好是好，但那什么，没可能的。”

我哭笑不得，朝他竖起一根中指。

“你要是不喜欢男人，那为什么这么多年你都没……”

这时王毛毛突然叫了一声：“开始了！开始了！”

我和陈果赶紧把手上的一堆线给接好，快步过去围拢到关老师身后。

关老师面前的电脑上，正唰唰地跑着一列列数据。“奶奶的熊”所有的电脑都已经联机完毕，正在按照他给出的算法进行运算。

陈果还在叨叨：“李正泰，今儿这事……咦？这是在算什么？彩票号码？”

关老师不无得意地说：“非也。这是鄙人编写的时间循环计算公式。”

“他说的每个字我都知道，可连起来怎么就听不明白？”陈果问，“什么公式？”

“时间循环计算公式。”我说，“《土拨鼠之日》《明日边缘》《忌日快乐》，记得吧？我被时间循环了。”

“扯吧，”陈果乐了，“你们仨别逗了。还时间循环呢。”

他指指关老师：“他又不是多啦A梦。”

又指指王毛毛：“她又不是静香。”

最后指指我：“你又不是大雄。”

我朝陈果摊开手：“手机拿出来。”

他不解地问：“干吗？”

我说：“打电话给你女朋友，问她护照的事……诶，甭废话，你问。”

陈果打通了电话，因为还是凌晨，所以被臭骂了一顿。他鼓起勇气问了护照的事，得到了令他心碎的答案。

“你，你怎么知道？”陈果吃惊不已，“靠，你不会真的被时间循环了吧？那你不就可以……”

“不可以。”我说，“我没有逛过澡堂，也没有抢过银行。”

陈果咂咂嘴：“哎呀妈呀！你现在简直是我肚皮里的一条蛔虫。”

接着他恍然大悟道：“我们之前是不是已经有过这段对话？”

我点点头。

陈果激动地说：“那你可以……可以回到……那一天？2011年2月11号……”

我愣住了。

关老师抬起头来：“理论上来说，时间循环和回到过去是两个概念。”

王毛毛问：“2011年2月11号怎么了？”

我和陈果对视一眼，他抿了抿嘴，不再说话。

我们四个人盯着绿光闪烁的屏幕，等待着运算结果。

天渐渐亮了，关老师看了看时间：“哟，鄙人得去上班了。”

我送他走到“奶奶的熊”门口，他告诉我等会儿电脑算出结果之后就给他打电话。

“生活是一次机会，仅仅一次，谁校对时间，谁就会突然老去。”临走时，关老师不无哲理地说。其实这是引用自北岛的诗歌。但从一位会写时间循环计算公式的民科嘴里说出来，还是挺耐人寻味的。

目送着他瘦弱的身躯骑上一辆眼熟的电瓶车，我不禁对着他的背影脱口而出：

“对了，一会儿在建行大厦外面的煎饼果子摊旁边停电瓶车的时候，让资本家自己下楼来拿早点，别送上去。”

回到网咖内，王毛毛坐在电脑桌上，手里夹着一根烟，正跟陈果聊着天，俩人笑得前仰后合。

我朝王毛毛招招手，她俯身在陈果肩头说了句什么，俩人又是一阵哈哈大笑，接着她走了过来。

我们走出网咖大门，站在街沿上。像昨天在动物园的相遇一样，互不相看，并肩而立。

清晨的街头，热气、人群和车流一起慢慢苏醒。

“有一只乌龟，跟一蜗牛结了婚。”我说，“可是没过几天，乌龟死了。”

王毛毛嬉皮笑脸地问：“为什么呀？”

“乌龟嫌蜗牛太慢，气死了。”

她哦了一声，短促地啄了一口烟。

“又有一只乌龟，跟一蜗牛结了婚。”我说，“可是没过几天，蜗牛死了。”

王毛毛捧场地问：“这又是为什么呀？”

“蜗牛觉得乌龟太快了，吓出了心脏病。”

王毛毛轻轻地笑了一声，耸了耸肩。

我侧过脸，看着她：“在乌龟和蜗牛的世界里，死可以是个玩笑。但在眼前的这个世界，活着，比死了强。你说对吧？能说早安、午安、晚安，比再也不能见面强。”

王毛毛脸上的笑容渐渐消失了。她拿烟的右手停在了半空中。

“东直门地铁站那姑娘，是你吧？”我说，“你的时间重启发生在8月7号下午五点二十，跟8月8号早晨七点二十，刚好差了十四小时。”

“所以呢？”王毛毛把烟喂到嘴边，猛吸了一口，“这说明不了什么。”

“第一次见面时，你说过，我们的每一次行为和选择，都会产生一个新的世界，一条新的河流。这些河流最终都流向了浩瀚的宇宙，而时间的囚徒，可以在不同的河流里穿梭。”我说，“你说一直在找其他被关在时间循环里的人，却只找到了我，但你只说出了一半的真相。你没有说出的另一半真相是：你找到我，是因为你在那天被我阻止了。因为在你的初始坐标里，我从来没有出现过，所以你断定，时间循环之后遇到的我，和你一样，也是一个时间囚徒。”

王毛毛朝旁边走了几步，在垃圾桶的金属盒里按灭了烟蒂。她把两只手揣在衣兜里，慢慢走回到我身边。

“这就像玩天黑请闭眼的游戏，所有人都在黑暗里闭着眼，只有杀手能够互相睁眼看到对方。”她说。

“我看到你了。你也看到我了。”我说，“可我搞不明白，那一天，你为什么要去死？”

“你难道不该关心我为什么不去死了？”王毛毛歪着头说，“我在初始坐标死了一次，然后又在时间循环里死了一百来次。可是我现在不想死了。”

“能说下跳轨的原因吗？”

“不能。”王毛毛说，“你要真想知道，就陪我去王府井大街七十四号。”

我看看时间，早上七点三十分。

在王毛毛的初始坐标里，她已经死去十分钟，地铁站的工作人员应该正忙着把她那血肉横飞的尸体挪到别的什么地方，再过五分钟，2号线就要恢复运行了。如果她总是重复着初始坐标里的时间线，那么她是无从得知在这个时间点，世界上任何坐标位置上发生的任何事情的。

2018年8月8日上午的王府井大街七十四号，发生了什么？

无论发生了什么，这个已经“过去”的事件就像是游戏地图上尚未展现的领域，虽然早已写就，但对王毛毛来说是完全未知的。她可能有些害怕，但又无法释怀。

“你真的想去？”我问。

“你不是想知道我为什么要跳轨吗？去了你就知道了。”

因为获得了我的时间，王毛毛现在可以去2018年8月8日早晨七点二十以后的世界。没来由地，我觉得在这个世界里，我应该对她负责。

“那走吧。”我说，“对了，你还没说为什么不死了。”

“因为莫名其妙被个傻子救了啊。”

她已经远远地走到我前面去了。

在去王府井大街七十四号的路上，我给陈果发了个信息，让他留意着电脑，一旦有了计算结果就告诉我。

已经好几年没来过王府井了，对王府井的印象就是全聚德、五芳斋、全素斋、浦五房、东来顺，没想到七十四号原来不是什么百货店小吃店，而是“东堂”——北京挺有名挺气派的一座天主教堂。

今天有对儿新人要在这里办事，王毛毛和我推门而入的时候，婚庆公司的人正在里面布置。在一片繁忙景象中，我们找了个僻静的座位坐下。

落座之后，我不禁笑了。

王毛毛问："你笑什么？"

我指着婚庆展板上新郎的名字说："你不会就是因为这位什么……岳军先生，所以想不开的吧？"

王毛毛不乐意地说："你还真猜着了。"

好吧，只用稍微脑补一下，就能想到一出狗血剧情。王毛毛初始坐标里8月7日这天动物园和电影院的形单影只，都有了一个合理的解释。

"姑娘，你都循环一百多次了还翻不了篇？"我说，"什么仇什么怨，在生死之后，都可以一笑泯之嘛。这轨咱不能白跳不是？"

"不行，我翻不了篇。"

"那你想怎么着？你用惩罚自己的方式来惩罚渣男还不嫌够？今儿还想用惩罚渣男的方式再把自个儿给惩罚一遍？"

"你不懂，跟你解释了也白解释。"王毛毛朝我翻了一个白眼。

"你……跟他这得……多大仇啊。"我不禁感叹。

"还记得三只蝴蝶吗？"王毛毛说，"他曾经跟我说，我们别像那仨一样傻了吧唧，聪明人就该先各自顾好自己，等事儿过了，他就娶我。可是我这儿扛着事儿呢，他和前妻复婚了！呸呸呸！二婚还办个什么狗屁婚礼！"

我看看展板上浓情蜜意、郎才女貌的俩人，点点头："是有点欺负人了。"

"他还扔了我的狗！"

“人渣啊。那你一会儿打算怎么整啊？需要我配合吗？”

王毛毛咬咬牙说：“一会儿他俩宣誓的时候，你去抢亲！”

我摇摇头：“这不合适吧？”

王毛毛愤愤道：“那一边儿去！”然后她突然想起了什么似的，快步走出了教堂，留我一人坐那儿。

坐了不多会儿，宾客陆陆续续到了。早上九点，婚礼开始。新郎新娘在婚礼进行曲中走到了牧师面前。我既觉得这一切跟我没半毛钱关系，又感觉似乎不能一走了之、置身事外，只好苦等着王毛毛回来。

主礼牧师手拿麦克风说：“今天，在圣堂内为你们举行神圣隆重的婚礼。婚姻是蒙福的、是神圣的、是极宝贵的；所以不可轻忽草率，理当恭敬、虔诚、感恩地在上帝面前宣誓。岳军先生，你愿真心诚意与这位女士结为夫妇，无论安乐困苦、富贵贫穷、或顺或逆、或健康或病弱，你都尊重她，帮助她，关怀她，一心爱她，终身忠诚地与她共建家庭，你愿意吗？”

新郎说：“我愿意。”

我替此刻不知身在何处的王毛毛感到庆幸，她没有当场目睹这一幕。

牧师又把同样的话问了一遍新娘。

新娘说：“我愿意。”

话音刚落，教堂的门被砰的一声推开了。一个声音大喊道：“我反对！”

像八点档肥皂剧里重复过无数次的情节：所有人扭头，看到大门外射进来的刺目的光亮中，一个孤零零的人影像钉子一样杵在那里。

没错，这根孤单瘦弱、倔强唐突的搅屎棍就是王毛毛。

她就像刚被人从水里捞起来一样，浑身上下都是湿的。不知道上哪儿搞来了一身婚纱，披挂上阵的王毛毛咚咚咚走过地毯，走上宣誓台，在全场所有人还没反应过来怎么回事的时候，抡圆了手臂给了新郎一个响亮的耳光。

这时包括新郎在内的所有人总算明白了点什么。

可是接下来，王毛毛又干了一件出人意料的事情——也只有她才干得出来——她一把拉过新娘，掰过她那张妆容精致的脸，狠狠地亲了下去。

牧师的表情已经不能用“惊恐”来形容了，在场的宾客们也一个个都目瞪口呆。不少人拿出了手机拍起了小视频。

终于，新郎新娘的父母开始从震惊、尴尬、愤怒中反应过来，指挥亲信和婚庆公司的人手上去架开王毛毛。王毛毛被人七手八脚地拉开，嘴上的口红也花了一脸。

再不出手，估计她要被生吞活剥了。我冲进人群，一把抓起王毛毛的手腕，拽着她杀开一条血路。我们跑出教堂的大门，朝南跑去。愤怒的宾客紧追不舍，一直追到了长安街。

我边跑边教育她：“你这样做不对。”

王毛毛喘着气答：“我知道啊。”

我说："但也挺牛逼的。"

她点点头："可不是吗。"

这一天上午十点左右的长安街，出现了一副奇异的景象。一个穿夹克和纽巴伦跑鞋的男青年，拽着一个穿婚纱的姑娘在前边跑，后面跟着一群打扮得体、衣冠楚楚、愤怒之情溢于言表的男女老少。

贯穿了长安街的风，此时也贯穿了我们的身体。我从未如此清晰地感知过这个不连续的世界——上一秒、这一秒、下一秒，像被风吹动的书页，它们在长安街上如白鸽般哗哗地振翅一飞，飞进万千滴前仆后继的雨滴之中，飞进北京城上空八月的雾霭里。

雨消失了。

冬日干燥晴朗的暖阳照着我的脸。

惯性下的急速奔跑让我的视线有些模糊。但是我清楚地知道，在视线前方，那个站在路口的身影，是林娅。

人影朝我挥了挥手。

真的是林娅！

我拼尽全力朝她跑去。

一辆黑色比亚迪眨眼之间冲了过来，撞倒了她。

我不知道是时间停止了，还是我的呼吸停止了。

总之在这一刻，我感觉不到时间的流逝。

我甚至分不清这是我的记忆，还是我又重新经历了一次那一天发生的事。

2011年2月11日。

等我再次吸入空气，又从肺部急促地吐出，雨滴重新坠落在我的肩头。

映入眼帘的，是淋成了落汤鸡的王毛毛那张五迷三道的脸。

不知道什么时候，我们身后已经没有了追兵。

她靠过来，伸出手，掰过我的脖子。

我们的目光在潮湿的灰色空气里短兵相接。

王毛毛踮着脚，仰起脸，亲了我，然后一言不发。

就在这时，手机响了。

我接起来，是陈果。

“你们在哪儿？”他说，“结果出来了。那位关老师忒不靠谱啊。”

“怎么？”

“结果是‘啊’。”陈果说。

“‘啊’？”

“对啊。”他说，“‘啊波次嘚’的‘啊’。”

“结果是汉语拼音？”

“对，你最好问问他这怎么回事。”

我挂断电话，打给关老师。

“‘啊’？”他的反应也是一样。电话里传来很嘈杂的声音，我猜他正忙着穿梭在雨里，给某个坐在办公室里懒得下楼的白领送午饭吧。

我们约了一小时后在“奶奶的熊”见。

“没文化真可怕。”在网咖里，我拍拍陈果的肩说。他不好意思地搔搔后脑勺。

电脑运算的结果，不是“a”，而是“α”。希腊字母的第一个，也就是“阿尔法”。

“我以为计算出来会是个阿拉伯数字，结果是它弟弟，阿尔法？”王毛毛看着电脑屏幕上闪烁的绿色字母说。

“嗨，我知道了！”陈果突然一拍脑门，“阿尔法不就是下围棋那只狗吗？”

“α是希腊字母的第一个，也就是‘起点’的意思。”关老师说，“在牛顿经典物理的时间观里，时间的确是有‘起点’的。”

“时间的起点？”

关老师点点头：“热力学第二定律规定了时间的方向，而物理学上认为的时间的起点，就是一百三十七亿年前的那场大爆炸。”

“一百三十七亿年？”王毛毛吓了一跳，“得循环这么久？”

我打量了一眼王毛毛。虽然有雀斑，但皮肤还行。虽然是平胸，但好歹是个女的。思来想去，总比和一抠脚大汉当狱友要好。但一百三十七亿年……还是太长了点儿吧?

“不可能不可能，不可能是一百三十七亿年。”关老师自言自语着，拿出随身的一个小本写了些我们看不懂的演算公式，其间还接了几个催单电话，他一边冥思苦想着草稿上的算法，一边对着手机屏幕唉声叹气："又有人评一星。我今天亏大了。"

"没事，"我安慰他，"等到晚上七点三十七，时间就会重启。你的一星都会归零。"

他如释重负地点点头，继续投入到演算之中。

时间一分一秒过去。陈果去隔壁烟酒行买烟。王毛毛走到网咖后墙的一台投币饮料机前买了一瓶苏打水。

我走到王毛毛身边，问她："要真是一百三十七亿年，咱们怎么办？活腻了想死都没地儿死。"

她耸耸肩："是挺够呛。"

"几个小时后就要时间重启了。他俩会忘得一干二净。但我不会。你也不会。"

王毛毛拧开瓶盖，咕嘟嘟灌了一口，问："所以？"

"所以今天是什么意思？"

王毛毛耸耸肩看着我，转身要走。

我抬手挡住她的去路，严肃地说："如果时间循环会发生一百次，那就可能继续发生一千次、一万次……可能比我们一辈子还要长。没有任何人能够证明我们的存在。因为这个操蛋的世界不会记得我们……"

"除了我们自己。"聪明如王毛毛，说出了我想说的话，"只有你能证明我的存在，也只有我能证明你的存在。"

"在关老师得出结果之前，我们可能要做好共度一生，甚至好几生的准备。所以你不要乱来。"

“哦，你是说我今天那个你的事？”王毛毛指指自己，又指指我。

“你今天做的事，不会随着时间重启消失。”我说，“所以，如果你以后要做什么跟我有关的事，请不要那么随意。因为我不像他俩。”

王毛毛不置可否地推开我的胳膊，头也不回地走掉了。

“因为我会记得。”我对她的背影说。

因为我会记得。

过去，我以为记忆只是单纯的记忆。在记忆中体会到的快乐和痛苦，都是虚无的幻觉。即使在经历了一百多次时间重启之后，我仍然是这样以为的。

但是现在，我相信了关老师的解释。某种程度上来说，我们的肉身并不重要。在浩瀚的宇宙之海里，有成千上万朵浪花；每朵浪花里，包含着成千上万个泡沫；而每个泡沫里，就有一个时间线上的宇宙。

我们的肉身存在于所有的泡沫、所有的浪花之中。我们的肉身充满了宇宙之海——时间线上的无数个世界，浩浩渺渺，没有尽头。

是什么使我成为我?

不是某一个世界里的肉身，而是在这个世界里的记忆。是我的经历塑造了昨日之我、今日之我、明日之我。

时间不存在，肉身不存在，只有记忆才是真真切切的。

这和我过去的常识完全相反。

但只有你身在其中——当你死亡过，体会过，才会承认这一点：每一个参与到你生命里的人，每一个你曾作出、正在作出和将要作出的选择，每一段你无法忘记的记忆，使你成为现在的你。

下午五点多，陈果买了烟回来，又从“奶奶的熊”前台的货柜里拿出火腿肠和方便面，我们四人一字排开，人手一碗。

时钟嘀嗒作响，除此之外，世界一片寂静。

“原来如此！”

关老师突然大声招呼所有人过去。

“鄙人知道α的意思了。”关老师面色潮红地说，“不是一百三十七亿年，而是——”

他举起手里的草稿，我们凑近一看，那上面写着：

“真行啊，关老师。”陈果吸溜着泡面说，“这不还是换汤不换药吗？”

“不不不。”关老师说，“且听我娓娓道来。你们知道那个跟物理学家打赌‘上帝不是左撇子’的泡利吗？”

王毛毛和陈果一头雾水地看着他。

“一部讲量子力学的电影里提到过泡利。”我说。可是我一时半会儿记不起来那部电影的名字了。

关老师点点头，两眼放光：“曾经有人问泡利，如果你死了之后上天堂，可以问上帝一个问题，你会问什么。泡利说：我会问他：‘为什么是137？’”

“‘为什么是137？’”我们仨异口同声地重复了一遍。

“泡利生命的最后十年都在追寻这个问题的答案。就连他死的时候，病房的号数刚好也是137。”

“等他真的死了就会发现根本见不到上帝他老人家。”王毛毛说，“只会在死前的十四小时里不停循环。”

“泡利的问题，其实就是你们要找的答案。”关老师说，“真相只有一个：不管是谁，在死亡之后都会经历137次时间循环。因为泡利关心的137，来源于物理学上的一个公式，而它可以简写作一个希腊字母——”

王毛毛恍然大悟道：“阿尔法。”

“我早就该想到答案是137，而且只能是137。”关老师拿笔戳了戳桌上的草稿说，“太完美了！所有的数字——从质量、长度到电荷、速度、普朗克常数——所有物理学用来描述世界的数字都带有量纲，比如光的速度是30万千米每秒，你的体重是130公斤……”

“我只有124公斤。”陈果急忙站起来澄清。

关老师点点头，示意他坐下，然后当着我们的面写下了一个让人看着就费劲的公式：

$$\alpha=e2/(4\pi\varepsilon 0c\hbar)$$

“看明白了吗？”

我们仨一齐真诚地摇摇头。

关老师的热情并没有被我们浇灭，他的两瓣嘴唇反而像失禁的括约肌一样，滔滔不绝一发不可收拾地说了起来：

“牛顿经典物理的时间观构建于伽利略的蓝图之上。时间一直被认为是基本标量的一种，就像我们为了描述世界而人为设定的另一些标量——长度、质量等。直到爱因斯坦的相对论横空出世，把时间作为构建宇宙的一个部分，他说过关于时间最著名的一个论断是——”

“‘时间不存在’。”我说。

“对！”关老师激动地点点头，竖起一个大拇指，“这位同学都会抢答了！爱因斯坦说时间是一个幻象，是不存在的。所以不能作为定量。这就意味着……”

他看看我们，露出循循善诱的笑容。

“意味着？”我们异口同声地问。

“意味着时间是无量纲的。”

说实话，我打心眼儿里不在乎“时间是什么”。作为一个电影放映员，我的理解力到“时间不存在”这里就已经算是仁至义尽了。

然而在关老师睿智而又慈祥的目光注视下，我们盛情难却，只好蒙混过关地点点头。

他继续说道：“如果真的有上帝的话，这是上帝为不存在的时间所设计的唯一答案。”

这时时钟敲响了。

晚上七点整。

还有三十七分钟，时间就又要重启了。

王毛毛扭过头，突然问："李正泰，我们经历了多少次时间循环了？"

"一百三十六次。"

爱因斯坦说，上帝不掷骰子，可他老人家掷了；泡利说，上帝不是左撇子，可他老人家还真就是左撇子；关老师说，上帝为不存在的时间设计的唯一答案是137。

如果真给他蒙对了，那三十七分钟后，我们即将走到时间循环的尽头。

我和王毛毛面面相觑。好像两个原本被宣判了一百三十七亿年有期徒刑的囚徒，突然又得知明天就可以刑满释放一样，命运的变化无常让我们心潮起伏、无言以对。

在那之后，会是万劫不复的刀山火海，还是一切照旧的庸常之海？

——抑或是，一个美丽新世界？

23

第137天

以王毛毛的狡黠，她已经猜到了问题的答案。

一滴雨从云层中坠落。像它成千上万的同伴一样，受地心引力所蛊惑，宿命般地划出属于它的一条银色轨迹。

在抵达泛着涟漪的水洼或泥泞的地面之前，它落到了一片树叶上。

一条棕白色的、柔软的舌头把树叶连同这一滴雨卷进了嘴里。

长颈鹿咀嚼着这片树叶，慢慢地踱到另一棵树下。

我和王毛毛隔着栅栏看着它。

“出狱之前，还有什么想做的事儿吗？”王毛毛问。

我点点头。

敲开门的时候，我妈脸上露出惊愕的表情。等她看到我身后的王毛毛，就更吃惊了。

傍晚的大雨、黄色的灯光、饭菜香味和白色蒸汽弥漫的屋脊。曾经以为再也无法弥补的一顿晚饭，此时此刻，活色生香，恍如隔世。

吃完晚饭，我陪老爷子看新闻联播，王毛毛和我妈在里屋不知道嘀咕了些什么。

从东四五条胡同出来，夜幕已经降临。立秋的大雨洗涤着整座城市。

我撑着伞，和王毛毛站在路口，路灯的光笼罩着我们，仿佛随时会有一辆龙猫公交车呼啸着骤停在我们面前。

“你妈妈给我看了林娅的照片。”王毛毛说。

我一时不知道怎么接话。

“我要是她就好了。”她笑了。

“别闹。”我说。

“时间循环结束了，你还会记得她。”王毛毛说，“可是等到明天这个时候，我们就是陌生人了。”

“记忆没你想的那么重要。”我说。

不仅仅是记忆，还有选择。记忆是过去的选择，而当下和未来，我们还可以作出无数的选择。

“反正我也没什么好遗憾的了。”王毛毛伸了一个懒腰，“谢谢你借给我8月8号七点二十分之后的时间。”

我点点头：“也谢谢你借给我8月8号五点三十七分之前的时间。”

其实我想说“谢谢你陪我回家吃饭”。但一想到这已经是第一百三十七次时间循环，在这次之后时间循环就会停止，我的脑子就有点乱。

“你呢？”我问她，“出狱之前，还有什么想做的事儿吗？”

她仰头看着滴雨的伞檐，掰着指头算：“不想一个人逛动物园，达成；大闹婚礼现场，达成……剩下的就是，不想一个人看电影。”

说完，她从包里摸出两张票。

2018年8月7日晚，1号厅10排1座，10排2座。

原来在初始坐标中，我们曾经在我上班的那家电影院遇到过对方。她在观众席上看电影，我在放映室里发呆。光束从我面前的放映机射向荧幕，仿若一条发光的纽带把我们相连——而我们却从来没有留意过彼此。

如果不是在死亡后的时间循环里有交集，我们就会像这座城市里的其他两千一百七十万人那样，对每时每刻的相遇和错过一无所知。有多少人曾经近在咫尺，却终其一生都素不相识？

换好氙灯，调暗灯光，电影开场。

四米高的幕布上，阿飞对南华体育会售票员苏丽珍说：“1960年4月16号下午三点之前的一分钟你和我在一起，因为你我会记住这一分钟。从现在开始我们就是一分钟的朋友，这是事实，你改变不了，因为已经过去了。”

黑暗中，王毛毛的瞳孔里有星光一样的东西闪闪发亮。

2003年，饰演阿飞的张国荣从香港中环的文华东方酒店纵身一跃之后，去了另一条时间线。留下我们这个世界的人，每年的4月1日都在缅怀他的绝代风华。

我们看了一场又一场电影。

换片中途张姐进来过，她知道我偶尔在没有观众的午夜场跑进观众席坐着放自己选的片。当她看到王毛毛时，先是略微愕然，接着又朝我露出了一个饱含深意的微笑，再也没有来打扫过1号厅。

早晨五点，陈果打来电话。

我走到影厅外面，接起电话，他问我玫瑰花和钻戒粘好在座位下了没有。

“听我一句劝，这婚，咱别求了。这么多年兄弟一场，你信我。忘了她吧。别在一棵树上吊死，懂吧？你要实在不信，问她护照的事。还有，你放心，我对你没意思，也不喜欢男人。”

嗯，信息量很大，够陈果好好消化一晚上了。

等我摸黑走回观众席，发现偌大的影厅里面空无一人。

王毛毛不见了。

我跑出放映室，撞上张姐，她问：“小李啊，你没事儿吧？”

我环顾四周，已经不见她的踪迹。我问张姐：“刚才出来一姑娘，您看见她上哪儿去了吗？”

张姐指指安全通道：“我看见她进了楼梯间。”

通往安全通道楼梯间的那道厚重的大门像一张翕动着的嘴唇，微微来回摆动着。我快步追去，几乎是用身体的重量和奔跑的惯性撞开了大门。

楼道顶上的灯光从我背后射出，在我身前投下一道又黑又长的影子。我听到自己急促的脚步和喘息声，想起第一次和王毛毛说话，就发生在这个楼道里。

脑海里扑面而来无数的片段，和一个又一个地点有关。时间循环以来我所走过的轨迹在记忆中纵横交错——从电影院到动物园，从宜家商场到东直门地铁站，从关老师住的大杂院到陈果的网咖，从王府井大街七十四号到东四五条胡同……

我发现自己所到之处，都有王毛毛的影子。

她已经成了我记忆的一部分。

在某一个楼梯拐角，我以为我会看到王毛毛。就像第一次留意到她的闯入一样，看到她弯着腰，喘着气，背抵在墙上，伶牙俐齿地说出那句开场白，然后就这样轻而易举、毫不客气地走进我的世界。

然而没有。

雪亮的灯光照着楼道。

但那个等在楼梯拐角的人不见了。

推开厚重的消防门，我冲到了大街上。

她不见了。消失了。

这作风很王毛毛。

站在早晨的北京街头，我不知道往哪里去。

就这样彷徨和惊慌了一会儿。终于，冥冥中，我想到了一个地方。

东直门地铁站里人头攒动，我被浓稠如一锅粥的人群推搡着向前，走下楼梯，行过陈旧低矮的甬道，进入有着二十世纪八十年代风格的巨大圆柱的岛台。无数双鞋带进站台的泥水，滴雨的伞沿，令人躁动的热气；人群似乎是无声的，又似乎震耳欲聋。

我在往雍和宫方向的候车岛台上看到了她的身影。

时间是七点零六分。

有一列地铁进站，人们一拥而入。

她站着没有动。

我走上前去，抓住她的胳膊。

她回头，却不是王毛毛。

时针指向七点十分。

不停有列车进站，不停有人走进那钢铁巨兽的肚子，然后任由它呼啸着把自己带向这座城市的四面八方。

七点十七分。

七点十八分。

七点十九分。

我的手心微微有些出汗。我抬头看着站台上那面挂钟的指针，一点一点朝前挪动。

我茫然四顾。此时、此地、此刻，我只想从一张张陌生的面孔中，看到王毛毛的脸。

列车的车头灯照亮隧道深处，又有一趟列车呼啸着进站。突然，刺耳的刹车声传来。人群中传来惊呼声，循着骚动的方向，我才反应过来，是另一侧轨道的列车出事了。

有人跳轨了？！

我的脑海像被列车灯洞穿了似的，一片空白。

“奶奶的熊”门口，我和关老师站在街边的垃圾桶旁。清晨的街道吐出雾霭、人群和汽车尾气。

“时间循环结束之后，我还会记得这些事吗？”

“理论上，你只会记得初始坐标里发生的事。”关老师说，“毕竟死亡是个bug。时间线修正之后，时间循环期间的事你自然不会记得。”

“所以没有谁会真正死亡。”我叹了口气，“死亡的只是记忆。”

关老师怔了怔，若有所思地伸出右手中指，推了推鼻梁上的镜架。

我想我明白了为什么2011年2月10日的那个冬日傍晚是如此重要。因为那是林娅在车祸之后曾经无数次回来过的时间线。她曾在这个傍晚不停地循环，一百三十七次，直到时间尽头。

就是这样的吧。

我曾经在悔恨中无数次设想——如果我不在胡同拐角逗留，如果我早一点到达那个十字路口，如果我们约在别的时间，如果我在作出任何一个选择时，发生任何一点微小的改变……林娅就不会被车撞倒。

但是现在，我明白了。她只是去了另一条时间线。在那个世界里，她会遇到别的什么人，经历别的什么事。在那个世界里，她今年二十三岁，有一个闪闪发光的人生。而不是像在我的世界这里，永远停留在十七岁。

她会有从2011年2月11日到2018年8月8日的所有记忆。只是在这条时间线上的我再也无法参与其中了。甚至，在那个世界里，林娅和李正泰在一起了。只是，那些记忆，不属于我。那条时间线上的林娅，永远也看不到这个世界里废柴度日的我。因为在宇宙之海上，我们已经不属于同一个泡沫。

“最后一个问题。”我说，“如果我不想失去时间循环期间的记忆，是不是只有一个办法——”

雨滴落在街边的水洼里，涟漪和涟漪相互碰撞，交错、影响、消失。

我一字一顿地说：“再死一次。”

关老师没有说是，也没有说不是，而是给出了意味深长的回答：“生活是一次机会，仅仅一次，谁校对时间，谁就会突然老去。”

然后他戴上头盔，骑上电瓶车，将外卖夹克的拉链一直拉到下巴底下，一脚油门，绝尘而去，深藏功与名。

我猜王毛毛也问了关老师同样的问题。

或者以王毛毛的狡黠，她已经猜到了问题的答案。

如果不想失去时间循环期间的记忆，就不能从137这个换乘点下车。而不下车的唯一办法，就是“再死一次”。

不同时间线上的世界，就像不同颜色的花朵。我们每一个个体，就是一只蝴蝶。死亡就像雨滴，当大雨落下，如果你不想被雨滴击中，就只能选择进入不同的花朵避雨。而如果你们不想失去彼此，那就只能被大雨击落在地。

在走到时间尽头之前，我作出了循环世界里的最后一个选择。

我选择了在大雨中被死亡击落，原本打算在今天晚上七点三十七分再死一次。这样，我就能在一条对王毛毛有记忆的时间线上醒来。

看来她也作出了同样的选择。

我感觉自己的腿好像焊在了站台上，根本迈不动。

数米之外的另一侧站台上，黑压压的人群骚动着。

我想象着就在那条铁轨之上，人们正对着王毛毛血肉模糊的身体指指点点。

直到这一刻，我才意识到，死亡是最愚蠢的选择。

我们可以不停地通过死亡来记得对方，但这样的记得又有什么意义？世界不再与我们有关，这对她不公平。

我以为这一百三十七天的记忆，值得自己承受永生之狱，却从来没有想过，它对王毛毛来说是不是足够值得。一直以为，是林娅的意外，让我把记忆看作比生命还宝贵的东西。可是现在，我心里只有一个念头，希望王毛毛全须全尾地活着。不是像林娅那样活在另一个我永远无法抵达的泡沫里，而是活在这里。活在有我的这个世界。

哪怕她再也不记得我。

“诶！李正泰！”

王毛毛!

我回过头，她就站在那里。

王毛毛两手揣在外套衣兜里，嘴角微微上扬，目不转睛地望着我。

货真价实，如假包换。

电光石火的一瞬间，我的脑子里涌现出很多想法。我想上去暴揍她一顿，又想把她揽在胸口，我想对她大吼大叫，又千言万语堵在喉头。

在人潮汹涌的东直门地铁站，我们隔着一米的距离站着，像两个心照不宣的傻子。

终于，她耸了耸肩，指着围在地铁车头前的人群说：“不知道谁的包掉铁轨上了。”

“你给我听好了，”我说，“有我在，你就甭想破坏2号线正常运营。况且，你要是给碾成烂泥了，我还得再死一次，回来救你。你不嫌麻烦我还嫌麻烦呢。”

“要是我从这儿往下跳一百次呢？”

“那我就回来救你一百次。”

“一千次呢？”

“回来救你一千次。”

“一百三十七亿次呢？”

“回来救你一百三十七亿次。”

她眯起狐狸一样的眼睛，咧嘴一笑。

王毛毛朝我走过来，看着我：“你说，那仨蝴蝶是不是傻？”

我点点头。

“我们才没那么傻呢，对吧？”她说着，声音委屈得快要哭出来。

“我不要再死一次了。”她又说，“你也不要。”

我又点了点头。

王毛毛吸了口气，不让鼻涕眼泪落下。她露出一个笑容。我发现这姑娘笑起来真挺好看的。

我也笑了。我看着她，不想再浪费一分一秒，我只想把她的眼角眉梢统统都记下来。

“再过十多个小时，时间循环就结束了。我不会记得你，你也不会记得我。趁那之前——”她踮起脚尖，把脸轻轻地凑到我脸前。

我伸出左手，捧住她仰起的后脑勺。王毛毛后颈窝的皮肤细腻而冰凉。

我低下头，亲在了她同样细腻而冰凉的嘴唇上。

如果再也不能见面，祝你早安、午安、晚安。

时间尽头之后

这座城市，一共住着两千一百七十万人。

伟大的，平凡的，焦虑的，欢愉的，有钱的，贫穷的，善良的，刻薄的，浪漫的，现实的，精明的，疲惫的，诚实的，虚伪的……

如果硬要对号入座的话，我猜我属于“孤独的”。

孤独是一种病。

这家电影院，是我上班的地方。刚才和我打招呼那位，我们都管她叫张姐。她在这儿上保洁晚班。走道里那一字儿排开的镜框海报，都被她擦得铮亮。《月光宝盒》《第五元素》《超体》《黑客帝国》《煎饼侠》《闪灵》《旺角卡门》《搏击俱乐部》《楚门的世界》《低俗小说》《霍比特人》《比利·林恩的中场战事》《土拨鼠之日》《明日边缘》《忌日快乐》《万物理论》《阿飞正传》……

我喜欢在放映室里发呆。黑暗中，尘埃乘着光线飞驰，光影投射在幕布上，像灯塔的光束照进汪洋。

我就住在影城楼上的一间公寓。日常生活中大概百分之五十的交流，都是和一只名叫布拉德·皮特的仓鼠还有一只名叫阿尔·帕西诺的乌龟进行的。

每天的步行轨迹，则是从这栋大楼走到街角的广告牌。那根用来支撑广告牌的水泥柱子充当着如来佛祖的中指的作用——我每天遛着狗到这儿来让它撒泡尿，早晚各一次。我原来挺讨厌出门的，自从养了这条傻狗，每天都得出门。周末去我父母家吃饭，因为不喜欢一切交通工具，一般都遛着狗去。反正离得也不远。

这家叫“奶奶的熊”的奶茶店，是我发小陈果和一个朋友开的，他俩是点外卖认识的——早前儿“奶奶的熊”是家网咖，陈果之前谈了一女朋友，跑了。网咖没多久也关门大吉，换成了奶茶店。陈果那朋友在我看来有些神神道道，爱好是研究宇宙，他说的话都太玄了，我担心过他会不会是一骗子，陈果却尊称他为“关老师”。

这天早上，我照例带狗来水泥柱子这儿“到此一游”，一姑娘上来就自来熟地搔起了狗脖子。傻狗上蹿下跳，哈喇子揩了姑娘一手。

常年遛狗的人都知道，这么干的人可以分为几类，除了真爱狗的，就主要是打听路的。今天这姑娘，看起来应该是没话找话那一类。

“这狗叫什么名儿呀？”

“莱昂纳多。”我说。有时候遇上这种人，我也搭理几句。这狗之前的名字叫“莱昂”，是它上一任主人取的。

“哟，还姓迪卡普里奥吧？”

我乐了。这才留心看她。短发藏在卫衣的兜帽里，胸部也没怎么发育，笑的时候露出一颗虎牙。

“不不不，姓李。”我说，“随我。我叫李正泰。”

那姑娘站了起来，从背包里掏出一张《寻狗启事》递到我眼前，眯起狐狸一样的眼睛：“这是我的狗。你好，我叫王毛毛。”

讨厌猫咪的小松先生

去年夏天，我们一家搬到了清迈，打算在此长住。租住的社区有二三十年历史，一点也不豪华，甚至可以说有些陈旧。但奇怪的是，这里却深受外国人青睐，仿佛一个小联合国，住满了来自五大洲四大洋的人们。傍晚在小区的湖边散步时，总能见到各种肤色的面孔，听到各个地方的语言。

大约是地价便宜，我的美国邻居把房子修得像座城堡，城堡两侧环绕着漂亮的花圃，花圃中有座爱神雕塑的喷泉。刚搬来时，我把这座白色城堡当作地标，走过城堡右转，尽头处的那栋小房子就是我家。

房东太太的房子在我家隔壁，是兰纳风格的木屋，花园里种了一棵令人叹为观止的龙眼树。她讲一口流利的英语，又是这个社区的业委会成员，因此对这里的每家每户了如指掌。“总的来说，我们这里相当友善。”她说，“除了住在巷子那头的小松先生——你最好当心一些。”

这是我第一次听到小松先生的名字，但是除了名字之外，我对他一无所知。

房东太太说得没错，这里的人的确非常友善。美国邻居家有株经年的老树，看似枯干，却在热腾腾的空气里渐渐鼓胀起来，慢慢坠满了一个个沉甸甸的菠萝蜜；泰国邻居家种满了芭蕉、芒果和石榴；房东太太家的龙眼树也大丰收了——每当谁家的果子熟了，主人便会采摘好了，挨家挨户送去。我租住的院子里也有两棵芒果树，一天赶着一天地结果，来不及吃掉的就会烂在树上。有时一夜之间便有很多青色的大芒果变得黄澄澄的。我和儿子一道，拿一种一头带弯钩的杆子把它们打下来，也分给邻居们。

半是好奇，半是忐忑，我找了个机会装了一篮芒果，去按小松先生家的门铃。儿子跟在我的身后。小松先生家的房子既不像城堡，也不是兰纳风格，反倒有些像我们之前在横滨住过的一栋小房子，小巧而紧凑。他的花园也不似邻居们那样种着柔软的草坪和可爱的果树，而是爬满了杂草和藤蔓，十分阴森。

我按了门铃，但没有人出来开门。

我们在门口等了一会儿，又按了一次，还是没有人。

我和儿子面面相觑，只好离开。可是当我们刚走出几步远，就听到从房子里传来咳嗽的声音。接着有人拉开房门，又重重地在我们身后关上了。

我回过头，看到小松先生家的门后有个人影，似乎正不声不响地注视着我们。而他的花园，在午后的阳光下透着一股阴冷萧索的气息。

我把吃“闭门羹”的遭遇讲给先生听，他说这也合情合理，小松先生是日本人，大约日本人都是不喜欢交际的，有着怕给自己和别人添麻烦的性子。

我问他怎么知道小松先生是日本人，他说曾经碰到去小松先生家拜访的义工，从义工那儿听说小松先生不会泰语，所以社区专门委派了讲日语的同乡去探望他。小松先生出生在大阪，后来考取了东京的一所理工大学，成为一个工程师。他现在快要八十岁了，却什么都亲力亲为，从修理浴室漏水的龙头，到开车出门去购物。之前几年，每到热季，他都要去素贴山脚下的一家疗养院住上一阵，等到凉季的时候再回自己家住。可是随着年龄的增长，他的脾气也变得越发古怪，常常和疗养院的护工怄气。怄气之后他就打电话到处投诉，所以社区派来的这个义工已经处理过多次投诉，对他的情况非常熟悉。

说起来，他那紧凑小巧的房子也有了合理的解释——极有可能他自己设计了那栋房子，按照日本式的格局。

闭门羹的小插曲并没有影响我们在清迈的旅居生活。社区就像是清迈的缩影，多元的文化在这里兼容并蓄，泰北小城的慵懒、和善让我们很是喜欢。

然而雨季接近尾声的时候，发生了一件可怕的事。

初到清迈的人可能会惊讶于这里蚊虫飞舞的繁盛景象，而蜘蛛和壁虎也是家中常客。夜间的虫鸣有时会到震耳欲聋的程度；早上还总能听到松鼠、山雀和野鸽子的打闹声。有时清晨出门跑步，睡眼惺忪地把脚塞进运动鞋，脚趾会抵到一团又湿又软的东西。提起鞋来抖动两下，就有一只棕绿相间的湿漉漉的大蛤蟆滚落在地。

住了一段时间之后，我对以上种种，便渐渐习以为常。可是没想到有一天，一条蛇顺着围墙溜进了花园。房东太太打电话请物业公司的人过来捉蛇，来人拿一截树枝把蛇挑起来，像扔绳子一样地抡起来扔到了围墙后面。

我非常担心这滑溜溜的客人将来再次造访。几个被称作“老清迈”的华人给我出主意说，养一只猫就不怕院子里进蛇了。我立刻驱车去宠物店买了一只猫。

回家时，我把装着猫的纸箱子从车上搬下来。儿子欢天喜地地把脑袋凑近箱子。房东太太看见了，便走过来对他说：“恭喜你，拥有了一只小宠物。”

我说：“是啊，这样就不怕院子里进蛇了。”

她低头往箱子里一看，这才发现是一只猫咪，旋即握住我的手腕，轻声说：“你要是先问过我，我是不建议这么做的。不过既然你已经把它带回来了……”

“这里不能养猫吗？”

房东太太用鼻子指了指巷子那头的房子：“小松先生不喜欢猫咪。”

我这才意识到，我们这条巷子里，每家每户都养着狗，却没有一户人养猫。然而日本不是有着悠久醇厚的爱猫文化吗？我不禁对不喜欢猫咪的小松先生再次好奇起来。

“我们这里有二十年没有人养猫了——自从小松先生来了之后。”她说。

难怪这里的松鼠总是肆无忌惮地钻进每一户人家的花园，有时它们太过大摇大摆，一不留神就从电线或者树枝上掉下来，然后再慢条斯理地攀着树干爬回枝头。

“二十年来都没有人养过猫吗？”我觉得有些不可思议。

“也有人试图养过。但猫总是莫名死掉。你见过小松先生家后院的那个工具房吗？听说里面堆满了毒饵。”

“路过的流浪猫呢？”

“流浪猫总会被小松先生粗暴地呵斥走。”

“他为什么这么不喜欢猫？”我问。

“不知道。他家门口总是放着一排装满水的矿泉水瓶子，因为猫很怕塑料瓶的反光。”

“好的，我会留神的。”

然而猫总要出去玩耍，四处走动。倘若把它关在屋子里，它就会发出轻柔的叫声，祈求你为它开门。如果对这祈求置若罔闻，它就自己拿锋利的爪子抠开纱门，雀跃着跑出去。

每当猫出门去，我总是提心吊胆，生怕它遭遇不测。毕竟，它的存在是一个有些冒险的破例。而儿子也因为偷听到了我和房东太太的谈话，自此之后总用“讨厌猫咪的小松爷爷”来称呼小松先生。

好在直到雨季结束时，猫和“讨厌猫咪的小松爷爷”都相安无事。随着凉季的到来，巷子口那棵晚熟的百香果树开始一批批地开花又结果。有时来不及采摘，便掉落在地上，被鸟雀啄食，被蚂蚁啃噬，然后再发出酒糟一样腐坏的气味。

有一天，儿子放学回来，拿起带弯钩的杆子玩耍，一路耍到巷子口的百香果树下。我在门廊前的椅子上看书，估摸着再过一会儿就该准备晚饭了。突然，儿子小脸通红，上气不接下气地跑回来，扑到门前，结结巴巴地说："不好啦！不好啦！"

我问："怎么了？"

他又急又怕，嘟囔着说："我摘了几个百香果，讨厌猫咪的小松爷爷走出来，叽里呱啦、叽里呱啦。小松爷爷生气了！"

我笑了："你又听不懂，怎么知道他生气啦？"

儿子的眼泪在眼眶里打着转说："他说话的时候没有笑眯眯。"

我合上书，站起来，朝巷子口望去，根本没有小松先生的影子。如果这真是小松先生的果树，那我应该带着儿子去向他道歉。但考虑到小松先生之前的态度，如果贸然上门，估计又要吃"闭门羹"，于是我决定先去向房东太太讨教。

"那棵百香果树就是小松先生种的呀。虽说种在公共区域，但他也是不许别人随便采摘的。"房东太太无可奈何地说。看样子，脾气古怪的小松先生也没少让这些和善的邻居吃苦头。

房东太太还嘱咐说："小松先生不喜欢被打扰。尽量不要去打扰他为好。"

然而第二天早上先生准备送儿子上学时，这才发现他的书包不见了。大概是昨天傍晚就掉在百香果树下了。

先生带着他去寻，回来的时候脸色却有些异样。

“没有找到吗？”我问。

“倒是找到了。只是……”他把书包递给我。

我接过来，感觉有些坠手。打开一看，里面是些果子。我把果子一一拿出来放进盘子，有一串青绿色的芭蕉、两个石榴、七个熟透的释迦果。还有一张纸条，用英文工工整整地写着“百香果树打了除虫药水，勿食”。

“书包就挂在小松先生家的栅栏上。”先生补充道。

第二天，我带上一包朋友在清迈山上种出来的越光米，又去按小松先生家的门铃。这也是我在来清迈之后才逐渐学到的门道。虽然同属亚洲稻米，但泰国香米是籼米的一种，由印度传入；而日本稻米则与东北大米更类似，由中国传入。两相比较，泰国香米的口感远远不如日本稻米。在日本米中，又以“越光米”口感最佳。这名字其实还与中国有关，三千年前中国稻米传入日本，当时的日本将中国尊称为“越”，因此光泽莹亮的上等大米就被称作“越光米”。我想对于米饭口感挑剔的日本邻居，这是一份再合适不过的礼物了。

依旧是等待半天也没有人来开门。我正要转身离开，门开了。小松先生从屋子里走出来，慢慢踱到栅栏边。

我第一次见到传说中的小松先生本人。他身材矮小，但腰板挺得很直，满头银发，灰色的衬衫一丝不苟地扎在卡其色裤子里，整个人看起来算是那种非常精神的老年人。

“打扰了。”我说，“谢谢您的水果。这是一些今年的新米，请您尝尝。”

小松先生已经站到了栅栏旁，但是他并不伸手拉开栅栏，而是将双手抬起，越过栅栏，朝我伸过来。我将米递给他。他慢慢吐出一句日语：“谢谢。”然后转过身，走回了屋子里，关上房门。

我猜他真的是一个不爱交际的人吧。在这之后，我也没有再去打扰过他。

而猫是不管这些的。

整个社区都是它的乐园。清晨我出门跑步的时候，它总一路跟着我，走过巷子口之后，便挨家挨户钻进邻居家的花园去玩耍，傍晚回到家中时，背上总是裹满了枯萎的刺苹果，肚子和尾巴上沾满了刺虎和别的什么野花野草的种子。有时它也钻进小松先生家那个偌大阴森的花园，或在灰黄的杂草间匍匐，或在斑驳的藤蔓间小憩。我这才发现，不知道什么时候，小松先生家门前已经没有了那些装满水的塑料瓶子。

凉季开始之后，天黑得越来越早。到了十月底，六点吃完晚饭，如果不抓紧时间出去散步，天很快就黑尽了。于是我们不得不常常就着月光散步。这种全家运动，自然也少不了猫的参与。它会一直跟着我们散步到湖边，像狗一样如影随形，又不像狗那样需要系上绳子。

仿佛我们之间默默订立了某种古老神秘，若即若离的契约。

有了猫之后，的确再也没有见过蛇的踪迹。但偶尔会在门口的地垫上发现一颗血淋淋的雀鸟的头颅，家中的壁虎也十有八九是断尾的。

猫每天进进出出，怡然自得。这样的一个冷血杀手，却长着柔软的皮毛，有着酥人的叫声。大自然的造化真是神奇。倘若蟑螂也长着这样一双大而明澈的眼睛，有着毛茸茸的皮囊，家里住进几个来也无妨吧。

清迈没有寒冷的天气，所以为猫准备的猫窝它从来不睡。猫最常打盹的地方，是厨房的角落，在那里可以望见花园，晒到太阳，并且不会挡住任何人的去路。自从养了猫之后，我总爱在空闲时观察猫。无论看到它是在睡觉，吃食，眯着眼睛等待鸟在花园落脚，还是叉着腿舔毛，都会觉得自己也跟着变得放松起来。不得不承认，尽管猫有着不为人知的一面，但和猫住在同一屋檐下，是一件非常安心和惬意的事情。

我越发不理解小松先生为什么讨厌猫咪了。对于独居的人来说，猫是再适合不过的伴侣。

再次和小松先生接触，是因为有一天，房东太太过来敲门，问我礼拜六能不能开车送小松先生去山脚的疗养院。一般来说，凉季他是不会去住的，但今年他的腿脚越发不灵便了，想早一点住过去。原本房东太太答应送他，可是突然接到朋友女儿的结婚请帖，周六要去一趟清莱山中。

周六早上，我在约定时间把车开到小松先生家门口。他已经站在院子里了。小松先生所有的行李只有一个小小的手提箱，他坚持要自己提上车。

“以我的年纪，在日本坐电车是要给老人让座的。”他固执地说。

的确，未满八十岁的老人给八九十岁的老人让座，这在日本不算什么稀奇的事。我们一路上都没怎么说话。好在清迈的山间景色非常漂亮，凉季里层林尽染，我们便以路途上的美景打发了一阵时光。

到了疗养院，小松先生需要在前台签署一堆文件。

前台的接待员耸耸肩说：“其实只要签英文就好，可是小松先生一定要写汉字全名。”

我看了看，小松先生在每一页都工工整整地写上了“小松实[1]”三个汉字，这样等他签完一堆文件，足足过了十多分钟。

在此期间接待员还非常神秘地靠近小松先生的耳朵，悄声对他说：“前天下午，你的猫又去巴颂太太的枕头上睡了一会儿。”

我不禁吃了一惊。原来小松先生也养猫？

“这是第三次了。”接待员又说。

我正想开口询问，却看见小松先生抬起眼睛和接待员对视了一秒，接着两人便心照不宣地闭上了嘴——对于小松先生居然有猫的

1　此处“小松实”的名字，致敬了一位日本的科幻小说家小松左京。小松左京本名小松实，1931年生于大阪，1962年他在《SF杂志》发表《易仙回乡记》，从此走上创作道路。与星新一、筒井康隆合称为日本科幻的“御三家”。2011年7月26日下午四时因肺炎于大阪府箕面市的医院逝世，享年八十岁。小松左京与下文的雷·布拉德伯里、菲利普·迪克和老舍一样，都是写出过科幻名篇的爱猫之人。小松左京在晚年时曾养过一只泰国暹罗猫。

事，我也无从打听了。

签好之后，小松先生从接待员那里领过钥匙，微微一弯腰，对我说："请跟我来。"接着他提着手提箱，走到了一扇房门前。

小松先生打开房门，里面是一个带阳台的单间，靠落地玻璃的地方放了一张床。此外，房间里还有一个衣柜、一张桌子、两把椅子、一张沙发，进门处有一个卫生间。

这个房间散发着和小松先生一模一样的味道。他应该就是这里的主人没错了。

"听房东太太说，你是一位图书翻译？"小松先生跪在地板上，打开了手提行李箱。里面有一个工具箱，还有几本书。

我点点头。

他从箱子里拿出那些书，递给我说："我这里有一些书，你拿去看吧。"

我低头看了看，是几本英文小说。雷·布拉德伯里的《华氏451》《浓雾号角》，老舍的《猫城记》。

"谢谢。"我说，"我很喜欢这两位作家。"

小松先生站起来，走到墙边，提了提裤腿，慢慢地陷坐到了沙发上："在我的房子里还有几本菲利普·迪克的书，如果你想看可以去拿。"

我本来可以说一声"谢谢"然后离开，可是不知道怎么的，从我嘴里说出来的话却是："您知道吗，菲利普·迪克非常喜欢猫。"

其实不只是菲利普·迪克，雷·布拉德伯里和老舍也是出了名的爱猫。

小松先生没有说话，但是他轻轻地点了点头，似乎作为一个“讨厌猫咪”的人，并不介意我刚才的话。不知道是不是我的错觉，在听到“猫”这个字眼的那一瞬间，他的眼里闪过一丝不易察觉的悲伤。

如果你没有看过菲利普·迪克的小说，至少或许听说过根据他的小说改编的电影。《银翼杀手》《全面回忆》《少数派报告》《命运规划局》……猫在他的小说里有着非常特殊的地位，他本人的墓碑上就刻着一只猫的头。而雷·布拉德伯里呢，他也是出名的猫痴，一生养过二十多只猫。

是出于某种巧合吗？小松先生收集了三位作家的小说，而他们刚好都非常爱猫。

这时，门外突然来了一位泰国老太太，身后还站着三位老人。

“小松先生！”老太太用很大的嗓门说，“请把你的猫带走，没人想看到它出现在这里！”

小松先生恭敬地站起身——或者说是冷漠疏离地站起身——他走到门口，一个字也没有答，而是九十度弯腰朝泰国老太太鞠了一躬。

老太太显然有些手足无措，她怔怔地看了一眼小松先生，枪炮般的话都憋回了肚子里，变成泪水从眼眶里涌了出来。

小松先生直起身，握住老太太的手。他郑重地在老太太手上拍了拍，老太太身后的三位老人摇了摇头，把她扶走了。

这一幕看得我丈二和尚摸不着头脑。而我和小松先生的谈话也因此戛然而止。

回到家之后，我在晚餐桌上讲起了疗养院的奇事。

“这个啊，疗养院的那只猫好像还挺出名的。”先生说，“我听说那是一只了不得的猫。”

原来自从小松先生前几年住进疗养院，那只猫就出现了。像清迈所有的猫一样，它总是来去自如，怡然自得。可是，偶尔它会跳上某个老人的床，在枕头上打一会儿盹。谁也不知道猫是怎么溜进房间的。最让人费解的是，要是猫连续三次在谁的枕头上打盹儿，过不了多久，被猫光顾过的房间主人就会被查出疾病，有的是不治之症，甚至没几天老人就会去世。

护工和老人们发现了这个秘密，都觉得这只猫非常不吉利。但奇怪的是，讨厌猫咪的小松先生却反对赶走这只猫。不知道他用了什么法子，院长也对猫的事睁一只眼闭一只眼。在小松先生的坚持和庇护下，猫依旧住在疗养院。它像一个从不失手的死神，总是准确地预测着疾病与生死。

只有一个例外，那就是小松先生。

猫常常出入小松先生的房间，但他除了咳嗽、顽固和腿脚不便之外，并没有什么大碍。

渐渐地，人们都管那只猫叫“小松先生的猫”了。

我再次见到小松先生，是今年初，凉季结束、热季开始的三月，他从疗养院回到家中。

清迈当地在三四月份时会烧山，天空中低浮着一片浓重的灰烟。在此学习、度假或是养老的外国人于是趁此机会纷纷逃回国躲霾，先生也带着儿子回中国省亲去了。我在这样的时节里，应景地读完了《浓雾号角》。

有一天清晨，一辆车在一片灰蒙蒙中驶入了我们的巷子，停在了巷口。车上下来的是小松先生，他依旧穿着灰色衬衫，衬衫的衣角整齐地扎在卡其色裤子里，提着那个小小的手提箱。

小松先生没有像别的外国人那样，为了躲避三四月烧山的浓烟而飞回自己的故乡。邻居太太说，二十年来几乎从没有见他回过日本。

我猜这和他的猫有关。

有猫住，不远行。

自从养了猫之后，我也几乎没有离开过清迈。不过如果我在清迈住上二十年而没有回过故土，应该早就会说一口流利的泰语了吧。小松先生却还是固执地只讲日语，以及他在东京求学时学到的英语。到底会是什么样的原因，让一个人在年过半百之后远离故土这么多年？日本对他来说，又是怎样一个回不去、舍不掉的存在？

难挨的热季结束之后就是最舒服的雨季。下过几场雨，空气也变得格外清新了。候鸟般的外国人都飞回了清迈。我坐在门廊前看的书，也从《浓雾号角》，变成了《雨一直下》。

重新回到清迈的儿子，个头也比去年刚到此地时高了不少，像猫一样，终究敢于自己出门去，在邻里间玩耍和撒野了。他的泰语也日渐流利，有时甚至会在邻居家里混顿晚饭。在家里聊天时，偶尔也会夹杂着英语和日语——像猫一样，他一定也没少擅自溜去小松先生家。

有一天，儿子跟着我去小松先生家还书，小松先生破天荒地拉开了栅栏，邀请我们进去坐坐。

穿过他那斑杂凋敝的庭院，我们进入了那栋小小的房子。与庭院截然不同的是，房子内部窗明几净，一切都归置得井井有条，如同他在疗养院的那个整洁的房间。

小松先生用一个漆盒装了几样非常精致的点心和果子，邀请我们吃。

“小松爷爷有和拉普达机器人的合影。”儿子边吃边说。

“你怎么知道？”我问。

“不信让他给你看。”他说完，便用磕磕巴巴的日语请求小松先生拿出相册。

小松先生并没有推辞，他转身走去一个房间，过了一会儿，手里拿着一本大大的相册出来了。

小松先生坐在沙发上，和儿子头挨着头，翻看着相册。他脸上不时露出的由衷笑容，给我一种他在含饴弄孙的错觉。小松先生一边翻着相册，一边介绍说，自己年轻时是医药公司的工程师，去世界各地出差，修理公司卖出去的医疗器械。二十世纪八十年代末，他甚至到过北京，在那里修理了两个月的机器。

“我爬上了长城，还看了故宫。”他说，“不过那都是三十多年前的事情了。”

相册里除了小松先生在世界各地出差的照片，还有一些合影。我猜那是他的家人。突然，我发现照片里有一只猫。接着，又发现了一张有猫的照片。随着翻看相册，越来越多的猫出现在照片上。

“那是爱子。”小松先生指着照片上的一个女人说，“她很爱猫。”

我这才了解到小松先生其实是有妻子的，他甚至还有一个儿子，现在仍在日本，已经结婚生子。

二十多年前，小松先生的妻子罹患癌症，最后去世了。在医药公司干了大半辈子的小松先生，却没有办法让爱子起死回生。从那之后，他发现老家的房子再也不能居住，因为那里的每一寸砖瓦和木板，都充满了悲伤的回忆。

随着祖屋的日渐老朽，一部分回忆枯竭死去，慢慢不再能伤害到他；而另一部分回忆则在褪色的房子中找到了活下去的办法——与妻子相关的点滴，都寄生在了屋子里的几只猫咪身上。

“有一天，我打开冰箱，看到爱子为猫做的便当，才突然想到，她已经不在世上了。以后，都要由我来喂猫了。”

在为爱子养的猫陆续送终之后，小松先生埋葬了最后一只老死的猫，卖掉了老屋，来到了清迈。他的儿子不理解父亲背井离乡的行为，之后又有了自己的家庭，从此父子间的联系越来越少。

没有了爱子，没有了房子，也没有了猫，这就是小松先生二十年来几乎从不回去的原因。

“可是为什么又开始在疗养院养猫了呢？”我问。

“我所工作的那家医药公司，一直在探索基因检测和疾病预防。”小松先生说，“只是晚了一步，否则，爱子的癌症应该可以更早被发现。”

几年前，小松先生在日本的母公司研发出了一种基于基因检测和人体扫描的医疗器械，还没有大量投向临床使用。小松先生赎出了他全部的企业年金，买了一台试验机。他把这台试验机捐献给了清迈的疗养院，这样可以尽早筛查和预测老人们的疾病。

然而，这台冷冰冰的机器让人十分恐惧。老人们非常害怕甚至抵触用这台仪器来做身体检查。

疗养院里有一个乐观开朗的英国老兵，人们都管他叫“老约翰”。有一次，在机器宣布老约翰确诊为不治之症之后，他笑着对小松先生说：

“如果非要有一个地狱的使者来告诉我什么坏消息，我宁愿它是一只猫。”

不久，老约翰离世了。小松先生的身边，也开始有了一个小小的手提箱，那里面装满了他的工具。

讲到这里，小松先生站起身，用低沉的嗓音说：“请跟我来。”

他带我来到了后院的工具房，那是一间斜搭在院墙上的小木屋。用来建造木屋的木板向阳的一面都泛着黑色，背阴的一面则爬满了深绿的苔藓。

小松先生打开木屋的门，请我参观。

里面是一张木质的工作台，墙上挂满了各种工具。我用目光仔细打量搜寻了一番，这里头并没有邻居太太口中的“毒饵”。我猜那些“二十年来社区里的猫总是离奇死去”的传闻，也是一种误解罢了。

不过在那工作台上，倒是躺着一只猫。

猫像死去了一样，纹丝不动地趴着。

小松先生走过去，轻轻地抚摸了一下猫的背脊。他的动作是那么轻柔。

一阵机械的嗒嗒声之后，猫睁开眼睛，站了起来。

它用头顶和脖子蹭了蹭小松先生的手，然后灵巧地跳下了桌子。

“所以……您是把试验机改造了吗？”我目瞪口呆，“改造成了猫的样子？”

小松先生像个孩子一样倒背着手站在那里看着我，露出一个微笑。

“我已经过了知天命的年纪，七十多岁的人和年轻人，对生死的认识自然是不一样的。”他喃喃地说。

随着时光荏苒，岁月流转，他已经在心里放下了悲伤。

讨厌猫咪的小松先生，为他疗养院的老友们制作了这样一只“猫”。

“被温柔地爱过也好，被误解也好——”他说，“总之，这就是我的人生了。”

猫走到我的身边，轻轻地蹭着我的脚。

那是猫这种动物才能带给人的特有的触感，温暖、柔软、顺滑。

除此之外，还有一些说不清的东西。

我想起了月光下和我们一家散步的猫。想起了这一物种和我们人类之间默默订立的某种古老神秘，若即若离的契约。

“不，您的人生不止如此。”我笑了，“以您的年纪，在日本坐电车是要给老人让座的。”

在这木质的工具房门口，小松先生，我，还有猫，静静地站在阳光下。

自此之后，雨季结束，凉季开始。新的循环，顺应着斗转星移。

一个灰蒙蒙的清晨，一辆车驶入了我们的巷子，停在了巷口。车上下来的是一家三口。他们从车上搬下来不少箱子，其中一个航空箱里，有什么东西在呼哧呼哧喘息。

透过箱子上的孔洞，一双海水般的眼睛朝外打量着。

这一家子按响了小松先生家的门铃。

我站在院子里，透过芒果树的枝叶，看到巷子尽头的栅栏打开了。

身材矮小的小松先生走出栅栏，一一拥抱了他们。

四个人一齐把所有的箱子搬进了屋子。大人把箱子拆开，孩子从里头抱出来一只猫。

不出所料，没过五分钟，小松先生过来敲门了。

“希望您不要生气。”我说，“是我通过在日本合作的编辑朋友，打电话与您儿子联系的。但愿这对您来说不是什么坏消息。”

“不。”小松先生用日语说，“谢谢你。”

接着他朝我郑重地鞠了一躬，用英语说：“这一次，猫带来的是好消息。”

我们相视一笑。

嗯，毛茸茸的、温软的、喉咙里会发出咕噜咕噜声的猫，有时也会带来好消息。

专访程婧波：

—多重宇宙中的一位记录者—

本采访英文原稿整理自2019年底采访者姚丫丫和受访者程婧波在清迈的数次英文对话的录音。中文版由受访者于2020年3月做了部分修订。

采访：姚丫丫/加拿大诗人、作家、编辑

翻译：张泰旗/重庆大学中国现当代文学硕士

程婧波是中国新生代科幻小说作家中一位极具代表性的作家。从事写作二十年来，她获得了包括中国青春文学大奖赛特别大奖、全球华语科幻星云奖中篇金奖、全球华语科幻星云奖短篇金奖、华语国际编剧节新锐编剧、冷湖科幻文学奖首奖等诸多奖项，作品被译作英文、日文、德文、意大利文、西班牙文等文字介绍给海外读者。目前旅居泰国清迈。

姚丫丫是一位加拿大华裔作家、编辑、教育家和课程设计师，她出生和成长于多伦多。出版有诗集《血肉与话语》，同时也是《平等伴侣教育指南》的主要作者。目前与家人居住在日本福冈。

● 采访者/姚丫丫

○ 受访者/程婧波

● 祝贺你在刚刚过去的夏天赢得了冷湖科幻文学奖[1]首奖。去戈壁滩参加作家采风和颁奖典礼是什么感觉?

○ 是一次很棒的体验。四十几个科幻作家、编剧、导演、编辑和评论家，在戈壁滩深处一个叫“火星营地”的地方待三天，你能想象是什么感觉吗？营地里有一个小型会议中心，还有几十个胶囊太空舱。你去了就会发现一切太不可思议了——就像我们真的到了火星。我把我儿子也带去了。我们在戈壁滩上几个小时什么也不干，就挖石头。我们挖到了各种各样的岩石，其中一种质地很像玻璃，还有一种看起来像微缩的月球表面。我把这块“微缩月面”带回了清迈。对了，那里夜晚的星光也很美。

○ 颁奖典礼实际上是之后举行的，在北京的中国科幻大会上。不过在冷湖的沙漠里，主办方搞了一个很有意思的“寻找获奖名单”仪式。人们分成两队，从火星营地步行十多公里到一个湖

1 该奖项设立于2018年，是中国最年轻的科幻奖项之一。评委会由中国权威的科幻文学和主流文学出版人、作家、编辑及电影制片人组成。由于参赛人数众多，其中也不乏知名科幻作家，因此冷湖奖被称为“获奖难度堪比在炼狱中求生”的中国科幻奖项。

边，一路上根据地图、罗盘和“火星人”的指引寻找那份神秘的获奖名单。因为带着儿子没法参加沙漠徒步，所以我大概是最后一个知道获奖名单内容的人。

● 16岁时，你寄了一份自己的手写稿给《科幻世界》，那是你的第一次创作，不久这篇手稿就真的发表在了这份当时全球发行量最大的科幻杂志上。这背后有什么故事吗？

○ 我是一个骨灰级科幻迷。我在四川的一个小镇长大，《科幻世界》是我最喜爱的杂志，它的编辑部就在四川省的省会成都。当时我只是想，为什么不写一篇小说给这本杂志呢？然后就有了《像苹果一样地思考》这篇小说。

○ 这是一篇奇怪的小说，没有情节，以“苹果落地，牛顿发现了万有引力。可苹果发现了什么？”开篇。在这之前我也没有任何正式的写作经验或者投稿经验。在高中的头一年，我的语文老师会在作文点评课上当着全班念我的作文，逐句分析这篇作文的问题在哪里。这种情况直到高二我换了班才结束。换班后的语文老师是一位儒雅的男老师，他会拉二胡，会写毛笔字，诗词歌赋信手拈来，但他也常常说我写的作文晦涩而古怪。

○ 我记得我很快就把《像苹果一样地思考》写完了，然后装进信封，跑去邮局寄给了《科幻世界》编辑部。几个月后，应该是一个周六的晚上，我父母到他们一个朋友家去了——我母亲喜欢打麻将，我父亲则是刚刚学会了一种流行在乐山一带的纸牌——我独自一人在家，翻开了新一期的杂志，我没有看标题，读了其中一篇小说里的一句话。我感觉有点眼熟，于是翻回去看这篇小说的作者是谁。真相大白了，居然是我。那一瞬间我觉得房间里特别安静，在安静之中又有一种咚咚咚的震动，过了一会儿我才反应过来那是我的心跳声。我跑进黑咕隆咚的客厅，拿起座机打给我的父母。

○“《科幻世界》登了我的小说！”电话接通后我告诉他们。他们出人意料地平静。我当时想，他们完全不理解这件事对我来说有多重要！可能他们当时的注意力都在麻将桌和牌桌上。尽管我当时非常激动，但还没有完全意识到这件事对我的意义。我认识了选中这篇小说的编辑，她姓顾，所以后来我很多小说里的女主角都姓顾。我也因此认识了很多至今都在我生命里的人。从我的名字第一次变成铅字印在杂志上后，我的命运就和“科幻”有了奇妙的化学反应。这种反应至今仍在发生着。

● 人与人的联结总是很奇妙的，不是吗？

○ 没错。1999年的时候，互联网才刚刚兴起，人们认识陌生人的主要方式还停留在杂志页脚刊登的通信地址上。我之前也试过给上面的地址寄信，想要交一个“笔友”，不过收到回信的概率很低。《科幻世界》把我的通信地址跟小说一起刊登了。我突然就成了一个收信人，而不是寄信人。

○ 那时我每天都会收到来自全国各地的读者来信。我们学校，每天会有一个固定的取信时间，由学习委员去收发室把全班的信件取回来。这是我最期待的时间，学习委员也从来没让我失望过。从此，拆信、读信、回信就成了我生活的一部分。原本我觉得自己没法完成这个任务——没法给每一个人回信。我也终于理解了自己之前寄出去的那些信为什么石沉大海，因为那些公布了地址的人，他们一定也会收到来自全国各地的来信，这会让人不堪重负。但是我的父亲说：“你应该给每一个人回信，如果他们不爱你就不会给你写信，他们写这些信是花费了心思的。如果你能安排好自己的时间，就给每一个人回信吧。”我按父亲说的去做了，我给每个人都写了回信。可是他并没有资助我邮票钱——到头来每封信的邮费都是花我自己的零花钱！

○ 这件事持续了大约一年，直到渐渐没人再给我写信。我记得最后一封信来自一位农民，他的信很有意思，因为他想表明他是多么喜欢我这篇奇怪的小说，所以他就用和小说一模一样的奇怪腔调写了那封信。嗯，在那之后我再也没有收到信了。我的“笔友时代”结束了，刚好我也得开始准备高考了。

● **听起来很有趣。**

○ 是的，这非常有趣。二十一世纪还没有到来，人们不得不写信交流。那是一个慢节奏的时代。我太爱那个时代了。在二十世纪八九十年代，我生活得不能再惬意了。我羡慕那些比我更早出生的人，我不想生活在二十一世纪，我讨厌一切都那么快节奏。

○ 总之，我的父母并不是逼迫孩子必须通过考试并且拿A的那种类型。我的父亲从没有要求我一定要比别人更优秀，或者强迫我像别的孩子一样上补习班。我有一个自由自在的童年。小时候，我父亲每天下班回家后总是会问我："你今天有没有做什么恶作剧？"如果我回答没有，他的脸上就会露出非常失望的表情。要是得到了肯定的回答，他就会满怀兴趣地和我讨论我到底干了什么。

○ 我的父亲是一名警察，但是他的钢琴弹得非常好，所以他希望我能够学钢琴。他曾把我送到他的一个朋友那里去上钢琴课。第三堂课结束后，他的朋友跟他说："她不会成为一个钢琴家，不要再浪费钱了。"

● **真的吗?**

○ 事实上我高兴坏了！因为我一点都不喜欢钢琴。我的母亲是一名医生，她经常握着我的手，用满意和期待的口气说：“你的手指细细长长，虽然不能弹钢琴，但是当一个外科医生一定很不错。”

○ 然而我既没有成为钢琴家，也没有成为外科医生。我的手指也没能用来弹琴键或者握手术刀。但是我现在用它们来打字。

○《像苹果一样地思考》发表时，人们说：“这个作者太独特了，这篇小说也如此奇异。”我记得还有一个书评家说：“跳跃的思维和奇怪的表达是这篇小说最大的优点和缺点。”我很喜欢这句话。这篇小说就是这么古怪，以至于人们在十年后都还记得它。在这之后我陆续又在《科幻世界》上发表了几篇作品。我实在很幸运。第一部作品发表后，事情就容易多了。我没有经历过被退稿这种事。可能这样的幸运给我带来了自信，每当我决定写点什么的时候，我从来不为它“能不能发表”而担心。

○在《像苹果一样地思考》发表后的第二年，有一天我去我们那儿最大的书店买新一期的《科幻世界》，里面刊登了我的另一篇小说。我母亲当时也在，她主动对书店老板说：“这本杂志里有一篇小说是我女儿写的！”虽然当面被这样说很难为情，但在那个时候，我意识到了她其实是以为我荣的。我想，或许写作能够给我的家人带来喜悦。我让我的父亲失望了，没能成为一名钢琴家。我也辜负了母亲的期望，没能成为一名医生。但是我至少找到了一件自己能做得很好的事情，所以我一直坚持着写作。

● **那时候你已经快要高考了吗?**

○ 是的。不过在我不得不面对高考的时候，出现了一个据说“只要拿了一等奖就可以免试进大学”的全国写作大赛。我写了一篇寄到上海参加初赛。我身边也有人跟我一样抱着“不用考试”的心情，寄去了自己的作品。在我认识的人当中，只有我收到了组委会的决赛邀请。尽管觉得我写的东西很“晦涩”，我的语文老师还是为我感到由衷的高兴。然而去上海参加决赛需要钱。买机票要钱，订酒店也要钱。我不得不向我的父母开口。他们很爽快地答应了。后来我才知道，他们把这个消息告诉了他们认识的每一个人。

○ 这件事最后就变成了我们一家三口的一次旅行。我们曾经去过上海，那次借着参加比赛的机会旧地重游了。第一次去上海是在我七岁那年的夏天，我因为上海明明名字里有“海”，外滩明明名字里有“滩”，却根本没在上海看到“沙滩”而伤心地大哭了一场。我父亲还饶有兴致地把我的哭相拍了下来，冲洗出照片放在家庭相册里。而这一次，时隔十年，我们全家第二次去上海，是个冬天。上海很冷，决赛时，我写字的手指都冻僵了。

○ 决赛那天，组委会安排我们坐在教室里的课桌前写一篇小说。我们就座后，拿到了决赛的考卷——考卷上只有一个题目，在三小时内，我们需要围绕这个题目写一篇小说。他们想了解你是否真正具有创作天赋，所以你必须将天赋展示出来。小说的题目是：假如明天没有太阳。

○ 最终我没有获奖。所以我不得不回学校参加全国统考。这太令人难过了！你不能对比赛掉以轻心，你必须认真对待，并做好充分的准备。但是我没有这样做。我以为我已经够好了，我当时想，“我只需要拿出一半的实力去写就行了”。结果是我输掉了比赛。我的父母没有责怪我。他们说：“你已经尽力了。”我没有勇气告诉他们我其实并没有尽力。对我来说，这无疑是一个教训。

● **谈谈你和父母的相处吧。**

○ 我父母工作都很忙，父亲常常会在他工作时带上我——行话叫“出现场”，就是去凶杀现场，或者是停尸房。我的父亲是一名法医，所以我记忆里第一次亲眼看见尸体，大概是在幼儿园或者年纪更小的时候。我曾见过他把内脏从死者的身体里掏出来，也见过死者的脑浆风干在墙壁上，像蜗牛爬过的痕迹。我从不认为这很奇怪或者恐怖，这对我来说太平常了。在我八岁的时候，我获得了一个八岁男孩的头骨作为玩具。我会跟他说话，然后装作他的声音回答我自己……这些发生在我父亲的法医办公室，当他太忙而没有时间照看我的时候。

● 你的小说节奏很快——常常几页的篇幅里，小说的设定、范式、人物性格在不断地变化。这让读者在觉得迷失方向的同时，也感受到自由。读者不必受地点、时间以及其他被主流观点视为文学必备的要素的束缚。你认为原因是否在于你在这么年轻的时候就形成了“作家身份”并树立了创作自信?

○ 也许吧。我一直觉得自己并不是“创造”故事的人，而只是一个“记录”故事的人。我只是多元宇宙当中的一个记录者。

○ 一家电影公司的高管对我说，他决定买我小说的电影改编权是因为读了之后很喜欢，他一边读一边觉得我的小说就是在描述一部电影。也许他说对了。因为我创作时，感觉就像在观察另一个世界正在发生的事情，而我要做的就是把一切都记录下来：我所看到的画面、听到的声音、闻到的气味、置身的氛围以及感受到的情绪……二十年前，我用笔和纸写作，现在则是用电脑。小说情节就像是正在我脑海中上映的电影，我只是去欣赏它们，并将它们誊写下来，告诉读者我看到了什么。我希望读者能分享我在脑海里所看到的内容。这就是我写作的方法。

● **你下一个要记录的故事是什么样的?**

○ 我也很好奇……有无限的可能性。

● **你曾经在和插画师孙十七对谈的时候提到自己写作上的怪癖，是关于“命名的诅咒”，这是怎么回事?**

○ 可能不算怪癖吧……但真的，如果我不能给一篇小说或者里面的人物取好名字，我就没法写出正文的一个字。我可能算是一个取名无能星人。比如《赶在陷落之前》，是朋友博客的名字，他特别慷慨地把这个名字送给了我。《萤火虫之墓》，来自王菲的《再见萤火虫》。《艾罗斯特拉特的雨》里的“艾罗斯特拉特”是保罗·萨特笔下古代艾菲斯城的一个居民。前面也说过，我写的女主角一般都姓顾，因为我的第一位责任编辑姓顾。像《宿主》里面的女主角就叫“顾夕”，而男主角叫“周扬”，这是我前同事的名字。取名无能就是这样，基本上把身边人的名字都写遍了。

● **这也行?**

○《去他的时间尽头》里面的女主角终于不姓顾了，“王毛毛”是我大学两位同班同学的名字拼一块儿来的，男生姓王，女生叫毛毛，他俩结婚十多年了。“李正泰”就更简单了，我儿子姓李，是个正太。

● **看来你已经找到应对“命名的诅咒”的方法了。恭喜恭喜。**

○ 谢谢谢谢。

● **有几件事被评论界称为中国科幻“回归主流”的转折点。我们从1999年的高考谈起吧。正好在那一年你发表了《像苹果一样地思考》。那年的高考是怎样影响你和你的同龄人的？**

○ 那年的高考很有趣。1999年对中国科幻来说是非常重要的一年，对我来说同样如此。

○ 高考前一晚，我们低年级学生已经开始放暑假了，正好我父亲问我想不想看电影。他放了一部关于时空旅行的电影，这是一部很闷的片子，但我们还是坚持看完了。电影用支离破碎的手法讲了一个人回到过去改变自己记忆的故事。第二天，高考语文作文要求全国考生写下如果记忆能够移植，将会发生什么。

○ 那年高考的前一周，《科幻世界》也发表了一篇关于记忆移植的小说！这就像把考试答案印在了公开发行的出版物上一样。高考的保密工作极其严格，泄题绝无可能，所以这种巧合真的是奇迹。那以后，全国都在谈论科幻。不过我就没有1999年的考生们那么幸运了。在我参加高考那年，作文题目又恢复了正常——有一个年轻人跋涉在漫长的人生路上，到了一个渡口的时候，他已经拥有了“健康”“美貌”“诚信”“机敏”“才学”“金钱”“荣誉”七个背囊。然而他坐上渡船时却风起浪涌，险象环生，必须丢掉一个背囊才可安渡难关。年轻人思索了一会儿，把“诚信”抛进了水里。请以“诚信”为话题写一篇文章。

● 我注意到1999年的特别之处，还在于这一年有一位叫作刘慈欣的作家开始在《科幻世界》崭露头角。中国科幻发展的一个重要里程碑是刘慈欣的《三体》三部曲出版，这是一部在英语文学世界产生重大影响的中国科幻作品。一些批评家认为，不安感是中国科幻小说的一个典型特征，而刘慈欣的小说无疑反映了这一点。你怎么看待这个评价?

○《三体》的确是一部重量级的作品。加上刘慈欣的其他作品，比如《流浪地球》《乡村教师》陆续被搬上大银幕并且获得成功，中国科幻的形势也因此变得越来越好。但我认为其他科幻作家很难复制刘慈欣的成功。因此，我们不能说中国科幻作为一个整体在国际上甚至是在国内得到了更多的关注。但是我仍然发自内心感激刘慈欣，他是中国科幻的头部作家，如果没有他，中国科幻现在的面貌一定有很大不同。

○ 像刘慈欣、何夕、韩松、王晋康、陈楸帆这些科幻作家，他们在作品中深入地探索了社会存在的一些问题。也许这就是评论家说的“不安感”。科幻作家可能天生就比较敏锐。

○ 比如空气污染的问题。陈楸帆在很多年前写过一篇名为《霾》的小说来讨论这个问题。在那时，没人关心空气污染，甚至没有人听过“霾”这个词。陈楸帆的那篇小说描绘了一种会使人生病的霾，它不是让人身体上患病，而是让人在心理上感到悲伤，人们再也没法过上幸福的生活。这篇小说体现了作家超前的洞察力。直到小说发表十年后，人们才真正开始重视起雾霾的问题。

○ 韩松的情况也是如此。韩松是一名科幻作家，同时也是新华社的一位领导。所以他所处的位置很有趣。他总是将自己的沉思深埋于小说。理解他的想法十分困难，所以读者很难真正进入他的文学世界。韩松写过一部《火星照耀美国》，这部小说讲的是一个年轻人去美国参加国际象棋比赛的所见所闻。书中写道，当他到达目的地时，却亲眼目睹了纽约世贸中心的倒塌。这部小说出版的几年后，“9·11事件”发生了。

○ 两百多年前，凡尔纳写过人类登月，或者驾驶小船在水底航行，然后这些预测成真了。今天的科幻作家们也在做着和凡尔纳相同的事情，这注定了科幻作家们即使在狂欢的盛宴上也是一群孤独的人。

● 今年初，你凭借科幻剧本《八号旅馆》获得了华语国际编剧节的新锐编剧奖，有什么心得可以分享吗？

○这是我写的第一个剧本。写剧本和写小说其实很不一样。我写完才明白为什么一些作家打死也不要写剧本。写小说太自由了，写剧本太不自由了。

●《八号旅馆》是一部黑镜风格的作品，在这个故事的世界里，人们可以在头脑中安装一个设备来储存记忆。评委们说这是一部菲利普·迪克风格的作品。我发现这个故事的主角叫“顾小北”和“李陌”，而你之前很多小说的主角都叫“马修”（《开膛手在风之皮尔城》）或者“莫列狐”（《吹笛手莫列狐》）这样的名字。故事的人物、地点、风格，都发生了变化。为什么会发生这样的变化？

○ 我记得一位导演曾经说过，“当一部电影使我们相信它讲述的故事真的可能发生时，我们才能接受它”。若干年前，这类科幻作品的故事背景可能会被设置在欧洲或美国这样的西方世界，剧中的人物会被命名为彼得和杰克。这样读者才会相信故事的真实性，因为他们已经习惯于这样的设置了。想想二十世纪九十年代的那些美国科幻电影——《终结者》《E.T.》《X档案》《侏罗纪公园》——对观众来说是如此真实，我说的真实不是指细节和特效方面，而是指人们相信这样的故事真的有可能会发生。也就是没有“违和感”。

○ 现在，我们已经习惯于那些很具有未来感的故事发生在中国的任何城市，比如北京、上海和重庆。即使这些故事是关于赛博朋克或拯救行星的。故事的主角也毫无疑问是中国人。他们长着中国人的面庞，有着中国人的姓氏，没有观众会对此感到奇怪。这一切都是因为时代改变了。

● **对，我想起来了，还有《宿主》也是这样。**

○ 是的。就我自己的创作而言，我最近的科幻作品都是讲述发生在中国人身上的故事，比如《宿主》。主人公顾夕的丈夫从她的生活中消失了，她想知道到底发生了什么。顾夕发现丈夫的手机定位出现在青海省的某个地方，那里离北京非常远。可是，她还是上路了，她觉得自己非去不可。这是一个关于女人的故事。一个关于寻找真相的故事。每天与你同床共枕的人，却在一天天远离你，直到有一天完全消失，这是什么感觉？冷湖奖的评委说，这篇小说让他们想起了《穆赫兰道》以及《消失的爱人》。更重要的是，这篇小说的故事背景发生在中国。这是一篇讲述中国人生活中的情感困境的故事。

○ 之前我们很难去想象这个类型的故事怎么和科幻结合而做到“不违和”，现在我们已经有了成熟的条件。时代准备好了，读者准备好了，将来一定会有越来越多精彩的科幻故事，发生在中国，发生在这片我们熟悉的土地上。

● 我们来谈一谈性别。尽管你强烈地认为自己首先是科幻作家，但一些批评家依然给你的作品贴上了奇幻小说的标签，或者是“带有科幻元素的奇幻小说”。你认为这样的命名是依照性别来划分的吗?

○ 在中国，男性制定了科幻的主要规则，或者说标准。科幻作家受尊敬程度似乎是按照小说的硬核程度等比递增的。尽管男性和女性的区别更多的是一种社会假象，但事实就是，硬科幻中的许多技术细节可能女性作家并不擅长。像《倒悬的天空》发表在《科幻世界》上的时候，是归在一个叫作“模糊地带”的栏目里的。也就是说，你这个不够硬核，算不算科幻呢？两说，模糊地带嘛。

○ 物理、化学、数学、机械、工程、宇宙探索……男性给予了我们这些科幻创作的主题，并认为硬科幻才是最核心的科幻。而“软科幻”，我猜他们用这个词来指代那些他们认为“不那么重要”的主题。的确，大多数女性作家的作品都属于“软科幻”领域。我最近在主编一部中国女性科幻作家的作品集，这本书一共收录了三十三位女性科幻作家的科幻作品。其中包括雨果奖的获得者郝景芳，以及张静、钱莉芳、赵海虹、凌晨、顾备、糖匪、迟卉、顾适、王诺诺、范轶伦等从上世纪三十年代到九十年代出生的中国女性科幻作家。这些面孔鲜活可爱，我觉得任何标签化的解读都是对这个群体的不公平。我真的很期待看到越来越多的女性作家和她们创作的科幻作品是——不会被简单地以“软硬”而论的——情感丰沛、思想深邃的作品。

● **在中国，作为一名女性科幻作家，对你来说意味着什么？**

○ 大部分女性科幻作家并不觉得性别是一个需要特别关注的问题，而我的观点恰恰相反，我认为这是我们的责任——从女性的角度去感受世界，并像女性一样创作。让其他人明白我们的感受是什么，我们如何感受，以及我们作为“女性”与世界的关系。

● **像女性一样创作是什么意思？**

○ 打个比方，当我回顾我创作的作品时，我发现几乎每一部对我来说有记忆点的小说讲述的都是一个女孩或女人寻求真相的故事。这还蛮有意思的。我早期的小说比我现在写的要奇怪很多。我曾尝试像男性科幻作家那样去创作——以男人、机器人、外星人的视角去想象和写作。（笑）但是我发现，在感受和思考上，我有女性独有的优势，我希望能发挥这些优势。我问自己，女性自身的问题和观照是什么？在万千宇宙中的某个宇宙里，你看到了关于女性的哪一类故事？

○ 你知道，对我来说，写小说的方法就是在脑海中观察一个故事，或者思考另一个宇宙中正在发生的事情。我会想象在那里正在发生什么，因为有这么多不同的宇宙。我会思考，我们到底关心什么类型的故事？在这些不同的宇宙中，女性的故事又是什么？比如在“行星三部曲”《倒悬的天空》《萤火虫之墓》和《艾罗斯特拉特的雨》这三个短篇中，我会讨论少女的问题是什么。这些故事讲述了她们成长的伤痛，她们怎么从童年跨入青春期，又怎么从青春期跨入不朽。而在《宿主》里，一个面临着婚姻“七年之痒”的女人的生活又是什么样的？她要如何踏上寻找真相的旅途，最后又要如何放下情感中的执著？

● **说到寻找真相的女孩或者女人，《赶在陷落之前》和《去他的时间尽头》里也有！**

○ 是的。你可以说这是一种写作范式，也可以说是一种写作宿命。

●《赶在陷落之前》有什么故事吗?

○《赶在陷落之前》的故事背景是隋朝洛阳。在小说里我写了很多鬼魂，因为我觉得鬼魂是洛阳这座十三朝古都的完美化身。巨人防风氏的白骨被从他那湖泊一样的坟墓中唤醒，他将洛阳连根拔起，拖拽着这座城市，一路向西而去。我非常喜欢这样一幅画面：巨人的脊柱一直延伸到无尽的黑暗之中，而他孤零零的头颅则在天空中浮动，就像飘向月亮的风筝一样。这个故事刚在我脑海里产生时，只有这样一个画面以及那绵延的黑暗和惨白的月光。围绕这个画面，诞生了整个故事——故事的主人公是一位十岁的小女孩，她在世界分崩离析之前，发现了一些令人震惊的真相。

○ 一家电影公司想买下这篇小说做成动画电影。但有个条件，“你必须把小说里所有的鬼魂换成其他东西”，“比如UFO，比如外星人，总之改成科幻就可以了”。

○ 但鬼魂是这篇小说的灵魂，我不愿意改，所以改拍的事黄了。我爱小说中写的这些鬼魂。如果没有鬼魂，这篇小说就是残缺的。被我这种很犟的性格拖累，这篇小说一直没有卖出改编权。但是你知道的，鬼魂和僵尸……它们也没做错什么啊!（笑）

● 第十届全球华语科幻星云奖颁奖典礼刚刚在重庆举行。你

是前三届和第七届颁奖典礼的总导演。说说这个奖项是怎么成长起来的吧。

○ 嗯，今年是星云奖十周年。回想2010年在成都举办的第一届，再看看今年在重庆举办的第十届，真的感觉星云奖长大了。这个奖项的三位主要创始人是董仁威教授、吴岩教授以及《科幻世界》的副总编姚海军先生。他们三人是中国科幻的灵魂人物。

○ 星云奖设立的目的是作为评价中国科幻创作的标尺，以及观察中国科幻创作者想象力和创造力的窗口。对从事华语科幻创作的各类人来说，这是一个非常好的聚集在一起的机会。第一年导演颁奖典礼时，我几乎认识所有人，包括作家、编辑、插画家，甚至是粉丝。但是现在，每年都会有许多年轻的新面孔涌现。如果我们将这个群体视为一个家族，那么很明显，这个家族的族谱正在迅速扩大。

○ 当星云奖的三位创始人邀请我加入主创行列时，大家一拍即合，想要做这么一件事：办一个面向全世界用中文创作出来的科幻作品的奖，以这个奖为支点，成立我们“科幻人”自己的组织、自己的家；每年再搞个颁奖典礼、科幻嘉年华什么的，让“科幻人”能够“回娘家”。这“回娘家”还不能太素淡了，第一届就要弄上红毯，在像样的地方颁奖，“科幻人”可以风风光光地“衣锦还乡”，热热闹闹地“自娱自乐”。

○ 现在，这个奖项的规模已经发展得很大了。但无论如何，有一个传统从来没有改变：每年的颁奖典礼后，所有的科幻作家、编辑、学者和科幻迷都会坐到一起“撸串”，喝喝小酒，吃吃烧烤。我们的初衷是希望星云奖成为所有华语科幻作家的家，而现在，它已经是一个甜蜜而温馨的大家庭，并且有了越来越多的家庭成员。

● 在你的作品中，移动和迁徙的主题很强烈。今年是你在泰国生活的第三年，你是如何将这个主题与你的生活经历联系起来的?

○ 每隔十年，我都会重读我的作品，并从中寻找和归纳主题。迁徙是其中最重要的主题之一。人在一生中总是不断地徘徊。

○ 阿瑟·克拉克曾说：“我们都是宇宙的过客。”他是我最喜欢的作家……我跟他真的有很多共同点！他跟我儿子一样都是在蛇年出生，我们又是同一天生日，当然，我们都热爱科幻。谈到在迁徙这一方面我和他的共同点，就是他晚年搬迁到了斯里兰卡，他的墓现在就在那里。我可以想象为什么他最终选择在一个不属于自己的地方安度晚年。你住在一个远离家乡的地方，但你可以在那里找到善良、美丽、宁静的东西。在克拉克的小说中，他描写了人类在太空中的流离失所。而我的故事，则是书写一个特定的人在宇宙或是在她自己的生命中游荡。

○ 佛教起源于印度，至今仍影响着亚洲文化。中国、韩国、日本、泰国以及斯里兰卡都深受佛教影响。通过深入探讨佛教文化的影响，我们可以发现中西科幻小说，甚至中西方的文学、思维方式、生活方式的根本差异。我猜想斯里兰卡的文化以某种方式启发了克拉克，使他开始从全人类的角度来思考问题。

● 清迈生活有没有像斯里兰卡启发克拉克那样，带给你什么灵感和想法?

○ 我以在清迈的生活为素材写了《讨厌猫咪的小松先生》这个故事。我发现朋友们好像都还挺喜欢这个故事，可能因为它像纪实散文一样，有着我清迈生活的诸多影子。我的房东是一个上了年纪的日本人，他娶了一位泰国妻子，养着一只可卡犬。在这篇小说中，有传言说小松先生是位不近人情又讨厌猫咪的邻居。当然，在小说的最后，大家都了解到他是一个内心温柔、善良的人。这篇小说发表在《银河边缘》中文版上。最近，罗伯特·索耶在推特上贴出了他拿着这期《银河边缘》的照片。

○ 这太不可思议了，我曾在一家很高端的英文书店里买过他的作品，那个书店把索耶的书卖得跟阿西莫夫、海因莱因甚至威尔斯在二十世纪初出版的古董图书一样贵。现在，我的小说《讨厌猫咪的小松先生》和他的一篇专栏发表在同一本刊物上，我们之间有了一种奇妙的联系。科学家说，我们身体的每一个原子都来自137亿年前大爆炸产生的星尘。想想看，这是多么美妙的事。万事万物都有着某种隐秘的联系。对我而言，这种联系总是和“科幻”有关。科幻就像一条看不见的溪流，在我生命的河流中静静流淌。

○ 不管怎样，《讨厌猫咪的小松先生》这篇小说让我感到温暖，它让我将来即使会去别的地方徘徊浪迹，也能回忆起在清迈的生活。[1]

● 感谢你接受采访。不知不觉的，我们在清迈喝着咖啡聊天的日子就要结束了。

○ 谢谢。也祝你搬到福冈之后喜欢上那里的生活。我很幸运在清迈认识了很多朋友，人们来来往往，在生活中继续着各自的冒险之旅。尽管我们之间存在种种差异，但我们都善待对方，这正是几个世纪以来人们在科幻小说中所追求的：一个美丽的新世界。

---

1 整个自选集的工作，也都是在清迈完成的。这本选集也打上了这种乌托邦的烙印。

我们都是宇宙的过客。

——阿瑟·克拉克

图书在版编目（CIP）数据

倒悬的天空 / 程婧波著 .-- 上海 : 上海文艺出版社 , 2020. 6

ISBN 978-7-5321-7225-2

Ⅰ . ①倒… Ⅱ . ①程… Ⅲ . ①中篇小说 - 小说集 - 中国 - 当代②短篇小说 - 小说集 - 中国 - 当代 Ⅳ . ① I247.7

中国版本图书馆 CIP 数据核字（2020）第 047559 号

责任编辑：毛静彦

特邀编辑：叶 子 武姗姗

封面设计：陈艳丽 李子琪

倒悬的天空

程婧波 著

上海文艺出版社出版、发行

地址：上海绍兴路7号

电子信箱：cslcm@publicl.sta.net.cn

网址：www.slcm.com

新華書店经销 三河市龙大印装有限公司印刷

开本 890毫米×1270毫米 1/32 8印张 字数 157千字

2020年6月第1版 2020年6月第1次印刷

ISBN 978-7-5321-7225-2/I.6051

定价：39.00元